中国当代
诗选

2018 / PORTRY

周瑟瑟 / 孙新堂 / 主编

百花洲文艺出版社

图书在版编目（CIP）数据

中国当代诗选 / 周瑟瑟, 孙新堂主编. –– 南昌：百花洲文艺出版社, 2018.11
ISBN 978-7-5500-2689-6

Ⅰ.①中⋯ Ⅱ.①周⋯②孙⋯ Ⅲ.①诗集 – 中国 – 当代 Ⅳ.①I227

中国版本图书馆CIP数据核字（2018）第063803号

中国当代诗选

周瑟瑟　孙新堂　主编

出 版 人	姚雪雪
责任编辑	刘　云
书籍设计	张诗思
制　作	何　丹
出版发行	百花洲文艺出版社
社　址	南昌市红谷滩世贸路898号博能中心一期A座20楼
邮　编	330038
经　销	全国新华书店
印　刷	南昌三联印务有限公司
开　本	720mm×1000mm　1/32 印张　7.5
版　次	2018年11月第1版第1次印刷
字　数	100千字
书　号	ISBN 978-7-5500-2689-6
定　价	35.00元

赣版权登字　05-2018-168

中国当代诗歌进入拉美时遇到什么？

周瑟瑟

中国新诗走过了一百年历程，当代诗歌四十年来取得了较高的成就，中国诗人受邀参加国际诗歌节，进行广泛的国际诗歌交流。拉丁美洲有着深厚的诗歌传统，但目前对中国当代诗歌还缺乏了解，认知不足。

近年来中国诗人在拉丁美洲的墨西哥城国际诗歌节、麦德林国际诗歌节、罗莎里奥国际诗歌节、格拉纳达国际诗歌节、哥斯达黎加国际诗歌节等受到关注，哥伦比亚《普罗米修斯》、墨西哥《诗歌报》、阿根廷《当代》等拉美诗歌杂志连续刊登中国诗人的作品，古巴、墨西哥、哥伦比亚、智利、阿根廷等国的出版社开始对中国当代诗歌产生兴趣。

《中国当代诗选》将与拉丁美洲国家的出版社合作出版，对于中国当代诗歌在拉丁美洲的阅读、接受和传播具有开拓性意义。

本书收入了具有代表性的中国当代诗人作品，同时收入近年参加拉丁美洲国际诗歌活动的43位诗人的诗作，从朦胧诗、第三代诗歌到上世纪九十年代以来的知识分子写作、民间口语写作，以及"80后""90后""00后"等年轻诗人的写作。中国当代诗歌的走向，异彩纷呈，蔚为壮观，生命意识与日常经验，语言实验与先锋精神，中国当代诗歌的现代性成就有目共睹。

我们处在不断挖掘诗歌语言深度的当代写作中，对于诗歌来说先锋永远是一种常态，但在当代诗歌里确实又是稀有的。什么是先锋呢？是从中国当代诗歌的整体格局里跳出来，写出带有个人语感与节奏的不一样的诗歌，而不是停留在写作内容与姿态上的先锋，写作内容随着生活的流动而常写常新，姿态更多时候是外在的。这都无关紧要，要紧的是，中国当代诗人在中国写作看到的是世界各个角落，我们四处走动，获得更多的思考。我在2017年到了拉美，在两个不同的文学世界里思考，一是中国的，一是拉美的。中国的本土经验我已经烂熟于心，尤其是我个人的文学经验达到了我要的状态，拉美的文学经验我早已从上世纪八十年代就开始进入，但毕竟是通过翻译来获得。当我在他们中间时，那些日夜，不同语言的朗诵与丰富多彩的拉美，先锋文学的传统无所不在。

一个中国当代诗人在拉美写作会是怎样的呢？我边走边写，留下了六七十首诗，结集为《从马尔克斯到聂鲁达》。我在哥伦比亚首都波哥大的马尔克斯文化中心感受到的是拉美文学大爆炸的气息，各种版本的《百年孤独》与马尔克斯的大幅招贴画，我都想拥有。随后到另一个诗歌之城麦德林。麦德林国际诗歌节开幕式持续到天黑的人山人海，让我意识到这是地球上一个诗歌的狂欢之地。世界60多个国家的诗人聚集在一起还不是什么奇迹，奇迹是这个城市的老人、小孩与青年涌向诗歌朗诵现场。我惊愕了。

当我们飞到智利首都圣地亚哥，在孔子学院拉美中心、聂鲁达基金会，以及奇廉市圣托马斯大学组织的朗诵时，我感受到了拉美的诗歌文化。中国的诗歌文化主要还是唐诗宋词，拉美的诗歌文化并不只是聂鲁达、米斯特拉尔、帕斯、巴列霍、卡彭铁尔、富恩特斯、科塔萨、穆尼蒂斯这些诗人，还有胡安·赫尔曼、马加里托·奎亚尔这些优秀的当代诗人，以及整个拉美民众对于诗歌的热爱，这或许与他们血液里与生俱来的性格有关，我想更多的是他们对于诗歌与生活与世界的紧密关系的认同。回来后我陆续读到了翻译家孙新堂翻译成中文的马加里托·奎亚尔的作品，写的是中国云南之行，我很高兴我与他之间无意间形成了一个诗歌写作的互动。

拉美另一个诗歌文化高峰则是对传统先锋的反叛。今年初刚刚离世的智利诗人帕拉的"反诗歌"写作主张，在我们的当代诗歌写作中并不陌生，当然我们还可以思考与实践。他活了103岁，他创作手法简洁，反对隐喻象征，语言上更趋口语化、散文化，与中国当代诗歌的口语化写作有异曲同工之妙。在中国广受赞誉的智利小说家、诗人罗贝托·波拉尼奥更是视其为偶像。波拉尼奥的《荒野侦探》当年在拉美引起的轰动不亚于《百年孤独》，而其身后出版的《2666》引发欧美压倒性好评。波拉尼奥说："我读自己写的诗时比较不会脸红。"

对于魔幻现实主义，"现实以下主义"的波拉尼奥的评价是："很糟糕"。这就是帕拉、波拉尼奥这些大师级诗人作家的另一种不断否定与更新的拉美先锋诗歌文化。

在编选《中国当代诗选》时，我脑子里不时蹦出一同在圣地亚哥聂鲁达基金会朗诵时的三位曾获得聂鲁达诗歌奖的诗人的形象，胡须雪白如安第斯山脉的雪。他们特意朗诵了口语化的诗歌。通过翻译家孙新堂的现场翻译，我对他们诗歌的节奏与短促的语气充满了兴趣，中国当代诗歌进入拉美时遇到的首先是他们的阅读与评判。我认为，中国当代诗歌与拉美诗人、读者之间的沟通没有问题，他们迫切想听到中国诗歌的声音。我们在帕拉的故乡奇廉市朗诵时，92岁的智利著名诗人、智利语言文学院院士雷内·伊巴卡切先生一直在现场听我们朗诵，他说通过中国年轻诗人的语气与朗诵感受到了中国诗歌。

我在读乌拉圭作家加莱亚诺的《火的记忆》时，想到我们的现代性之路与拉美的道路有相似的地方，只是历史的出发点与出发的时间不同。我们面对的精神危机与出路并没有本质的不同，也就是说我们要处理的是同样孤独的文学题材。我在圣地亚哥的一个夜晚与当地一位曾经在亚马逊丛林中生活，现在像一头困兽一样的作家交谈。他面对我这个中国诗人时发出感慨："我们已经失败。"我随后以一首诗写到他复杂的情感："我站在胡安先生家的高窗边/看到圣地亚哥在夜色里灯火辉煌/这一夜胡安先生伤感地承认/他们是失败者/而我呢/我的失败才刚刚开始"。北岛好像也承认过失败一说。我觉得我们不必掩盖失败，只有意识到失败，才能从被异化的现实中获得真实的自我，重塑历史，重塑身份，从而进行自我启蒙。加莱亚诺直接告诉读者，"写作是我击打和拥抱的方式"，立场之外，不发表中立或假装中立的言论，历史之内，为一直排在历史队尾的人写作。当我踏上拉美的土地，当我置身于《拉丁美洲被切开的血管》这样的作品的背景中时，我深感我们的反思还远远不够。

当103岁的帕拉先生逝世时，时任智利总统米歇尔·巴切莱特在第一时间表达哀悼时说："西方文化失去了一个独特的声音。"我们"独特的声音"在哪里呢？必须在我们的诗里。

本诗选以中文出版后即翻译成西班牙文在拉美出版。当我在拉美几个场合问当地诗人与读者知道哪些中国诗人时，他们说出的是李白、杜甫、北岛，以后我想他们还能说出这本《中国当代诗选》中的诗人了。

本书以诗人出生年月的时间顺序从大到小排列，老中青几代诗人，不同的写作，呈现出当代诗歌的整体实力。感谢近年来致力于翻译中国当代文学与当代诗歌，向拉美介绍与传播中国文化和中国文学的著名翻译家孙新堂先生，感谢他对入选作品西班牙语的翻译与审定，感谢他无私地为中国当代诗人与拉美诗人之间的交流所做的大量细致与卓有成效的工作，没有他的热情联络与组织，收入本书中的多位诗人不可能来到拉美，也就不可能有本书的编选出版。我相信，因为他为人的低调、务实、沉稳与西班牙语文学的专业精神，在他与众多朋友的努力下，中国与拉美诗歌交流的国际影响会越来越大。

在此，我还要感谢百花洲文艺出版社社长、总编辑，著名作家姚雪雪女士，她对中国当代诗歌在拉美的出版所做出的努力，感谢总编室刘云女士的编辑工作。

2018年3月20日于北京

目 录
MU LU

许立志诗选

崔馨予诗选

铁头诗选

北岛诗选

　　北岛，1949年8月2日生，原名赵振开，祖籍浙江湖州，生于北京。中国当代诗人，朦胧诗人代表之一。1970年开始写作，1978年同诗人芒克创办民间诗歌刊物《今天》。20世纪80年代末移居国外，先后在德国、挪威、瑞典、丹麦、荷兰、法国等国家居住。1990年旅居美国。曾任教于加利福尼亚州戴维斯大学，担任斯坦福大学、加利福尼亚大学伯克莱分校、香港中文大学客座教授。著有诗集《太阳城札记》《归来的陌生人》《在天涯》《午夜歌手》《蓝房子》《北岛诗选》《北岛顾城诗选》等，散文集《失败之书》《青灯》等。作品被译成二十余种文字，先后获瑞典笔会文学奖、美国西部笔会中心自由写作奖、古根海姆奖学金等。被选为美国艺术文学院终身荣誉院士，多次获诺贝尔文学奖提名。

灵魂游戏

那些手梳理秋风
有港口就有人等待
晴天，太多的
麻烦汇集成乌云

天气在安慰我们
像梦够到无梦的人

日子和楼梯不动
我们上下奔跑
直到蓝色脚印开花
直到记忆中的脸
变成关上的门

请坐，来谈谈
这一年剩下的书页
书页以外的沉沦

肥皂

我在厨房洗手
肥皂水流进下水道
好像法国号的
一段心事

新娘挥手告别
赴约的运河
谁是逆流而上的
白发证人？

与太阳合影
我的脸被遮去一半
另一半是白昼
在无风的寂寞中

鱼相忘于江湖

夜创造临时的神

吸毒者眼中的蝙蝠

正毁于激情

多多诗选

多多，原名栗世征，1951年生，北京人。中国诗人，朦胧诗人代表之一。1969年到河北省白洋淀插队，与芒克、根子等诗人一起创作诗歌，后来到《农民日报》工作。1982年开始发表作品。1986年获北京大学文化节诗歌奖。曾多次到英国、美国、德国、意大利、瑞典等十多个国家的大学进行讲座和朗读，并曾任伦敦大学汉语教师，加拿大纽克大学、荷兰莱顿大学驻校作家。1989—2004年居于荷兰等国。2004年回国任海南大学教授。多多曾多次参加世界各大诗歌节，获得华语文学传媒大奖年度诗人奖。出版的诗集有《在风城》（1975）《白马集》（1984）《路》（1986）《微雕世界》（1998）《阿姆斯特丹的河流》（2000）《多多诗选》等。

我姨夫

当我从茅坑高高的童年的厕所往下看

我姨夫正与一头公牛对视

在他们共同使用的目光中

我认为有一个目的：

让处于阴影中的一切光线都无处躲藏！

当一个飞翔的足球场经过学校上方

一种解散现实的可能性

放大了我姨夫的双眼

可以一直望到冻在北极上空的太阳

而我姨夫要用镊子——把它夹回历史

为此我相信天空是可以移动的

我姨夫常从那里归来

迈着设计者走出他的设计的步伐

我就更信：我姨夫要用开门声

关闭自己——用一种倒叙的方法

我姨夫要修理时钟

似在事先已把预感吸足

他所要纠正的那个错误

已被错过的时间完成：

我们全体都因此沦为被解放者！

至今那闷在云朵中的烟草味儿仍在呛我

循着有轨电车轨迹消失的方向

我看到一块麦地长出我姨夫的胡子

我姨夫早已系着红领巾

一直跑出了地球——

1988年

诺言

我爱，我爱我的影子
是一只鹦鹉，我爱吃
它爱吃的，我爱给你我没有的
我爱问，你还爱我吗
我爱你的耳廓，它爱听：我爱冒险

我爱动情的房屋邀我们躺下作它的顶
我爱侧卧，为一条直线留下投影
为一个丰满的身体留下一串小村庄
我要让离你的唇最近的那颗痣
知道，这就是我的诺言

我爱我梦中的智力是个满怀野心的新郎
我爱吃生肉，直视地狱
但我还是爱在你怀里偷偷拉动小提琴
我爱早早熄灭灯，等待
你的身体再次照亮这房间

我爱我睡去时，枕上全是李子

醒来时，李子回到枝头

我爱整夜波涛吸引前甲板

我爱喊：你会归来

我爱如此折磨港口，折磨词语

我爱在桌前控制自己

我爱把手插入大海

我爱我的五指同时张开

紧紧抓住麦田的边缘

我爱我的五指仍是你的五个男友

我爱回忆是一种生活，少

但比一个女人向我走来时

漏掉的还要多，就像三十年前

夕光中，街道上，背着琴匣的姑娘

仍在无端地向我微笑

我就更爱我们仍是一对鱼类
等待谁把我们再次发射出去
我爱在大海深处与你汇合，你
是我的，只是我的，我
还是爱这么说，这么唱我的诺言——

2008年2月

赵丽宏诗选

赵丽宏，1952年出生于上海，作家、散文家、诗人，中国作家协会全委会委员，中国散文学会副会长，上海作家协会副主席，《上海文学》杂志社社长，华东师范大学、上海交通大学兼职教授。著有诗集《珊瑚》《沉默的冬青》《抒情诗151首》等，散文集《生命草》《诗魂》《爱在人间》《岛人笔记》《人生韵味》《赵丽宏散文》等，报告文学集《心画》《牛顿传》等及《赵丽宏自选集》（四卷），共60余部。另有文学评论、电影文学剧本多种。获新时期全国优秀散文集奖、冰心散文奖、上海文学奖、塞尔维亚国际诗歌金钥匙奖等多种奖项。2014年被授予北京师范大学–香港浸会大学联合国际学院荣誉院士荣衔。部分作品被翻译成英、法、俄、意、日、韩、保加利亚、乌克兰、塞尔维亚等文字在国外发表、出版。

同时走进三个空间

抬脚跨过一个门槛

却走进三个不同的空间

身体走进一个空间

周围的一切皆可触摸

地上的板条

墙上的画框

天花板上晃荡的吊灯

空气里的油漆味……

灵魂却进入另一个空间

那是逝去的时光漂浮

模糊的表情

遥远的回声

曾经发生在门里的

死死生生……

思绪同时飘进又一个空间

那是属于未来的隐秘

斑驳光影中

潜藏着陌生的窥视

每个角落里

都可能爆发奇迹……

走进一扇门

感受三个不同的空间

身体在物理气息中移动

心魂在遐思中自由翩跹

狭小的屋子

变得辽阔幽深……

僭越

鱼在天花板上游动

风筝在浴缸里翩跹

帆船在山坡上飘行

雪花在火焰中舞蹈

鲜艳的婚床上

回荡着藏獒的咆哮

婴儿的摇篮里

晃荡着浑浊的老花眼镜

老鼠躲进了猫窝

麻雀占据了鹰巢

……

非分的侵占

无法成为永恒

即便你有一万把钥匙

打不开

那扇不属于你的房门

假如越窗而入

找不到立锥之地

地板如针毡

刺戳着惊惶的脚底

跳跃吧，奔跑吧

直到你筋疲力尽

……

竹篮盛不住水

网袋兜不住风

陌生的视线射不穿

层层设防的心

于坚诗选

于坚，诗人、作家，云南师范大学教授。1954年8月8日生于昆明，1984年毕业于云南大学中文系。写作持续近四十年，著有诗集、文集30余种，也从事摄影和纪录片的制作。著有诗集《对一只乌鸦的命名》《诗六十首》，长诗《零档案》，散文集《棕皮手记》《人间笔记》等。曾获台湾《联合报》十四届新诗奖、台湾《创世纪》诗杂志四十年诗歌奖、第四届鲁迅文学奖、朱自清散文奖、《人民文学》诗歌奖及散文奖、《十月》杂志诗歌奖及散文奖等。部分作品译有外文版本，在美国、西班牙、阿根廷、日本、法国、德国等国出版。

写在尤卡坦半岛的海岸边上

1

谁乳房中的花朵　涌向秋天

又在祖母的灰发中消瘦　谁的建筑材料

完成着一座座无人加冕的大教堂　谁的歌剧

灰色的男高音和指挥家一道埋葬在永不剧终的舞台

谁的修道院　沿着墨西哥湾　一粒粒沙子在天空下告解

波浪转身处　大道坦荡　垂暮之海闪着微芒

星星的公墓安放在深渊下　统治者失宠于更伟岸的威权

谁能穿越这无穷的门进入那个最后的房间　去写下句号

长眠而不死　被黑暗永恒地照耀

2

北方来的人们停下　厌倦或兴奋

漫长的解说词终结在大海边

波浪依旧掩盖着一切　导游口干舌燥

真理确实无聊　我们一致同意他哑口无言

神庙还没有倒　玛雅人运来的岩石晾在悬崖上

像洗衣妇发白的手　守着一个秘密

荒凉千年　岛上已没有骷髅　还是像那些土著人

忍不住颤栗　指望着他们指望过的那些

谜底　会在一条蜥蜴遁入剑麻丛时揭晓

后裔们在兜售工艺品　笑容诡秘　不屑

也许废墟下面并没有什么秘密

他们在黑夜里搬开看过　那时我们不在

3

玛雅人的祭坛在天空下闪着白光

天真的种族　死于西班牙人到来时

深蓝色的誓词沉在大海背后

破碎又复原　波浪日夜抛撒花圈

惊天动地的鼓声永不停歇地敲击着岩石

召唤赤脚的亡灵们　在下一次涨潮时跑回来

4

广漠的秋天中谁的食物在舞蹈

海禽一次次扑空　这次是灰背鸥

下一次是鲣鸟　尸体在盐的内部翻滚

永远没有真相　此刻的激流来自北美的钢铁厂

死亡的牙医在月光下修补传输带上的假牙

一排排自渎者握着黑暗的钻头隐去

5

海的另一种形式是罐装的

从超市或者小卖部的窗口涌向世界的喉根

无人会在沙漠上撒盐

6

这头灰兽拖着永不耗损的毯子在天空下走着

偶尔跟着狮群转过头来　当海鸟的灵魂变蓝

一对夫妇在沙滩上小跑　被盐巴腌过的白人

放心地进入晚年　他们真把它当作玩具　视为归宿？

那些沉默在波浪下面的水　他们喜怒无常的父亲

我不会像他们那样用漂亮步子去取悦那些

条纹被随意涂改着的斑马　深怀恐惧

我听见动物园的低音隔开死亡与现世

失明的大玻璃在第九交响中开裂

下面是祖母的脸　暴君的脸　贝多芬的脸

那个四十年前站在阳台上呐喊的游行者的脸

安详的　宏伟的　忧郁的　悲伤的　深思的

正衔着一根根白骨爬过卷起在加勒比广场上的纸

我不能像精神病患者折出的灰鹞那样凌空而去

在沙滩走着　　不是走向光荣　　我朝着海岸后面

那些建筑物　　那些凌乱　　伪善　　造价不菲的度假区

有人在重症监护室　　注射盐水　　然后握着他的海死去

7

搁浅在海岸的门诊大厅黑沉沉

闪电的外伤在黑夜的过道上呼叫急诊

看不见值班医生　　苍老而贪婪

一伙人打着电筒在沙坑里寻找螃蟹

它们像玛雅人的文字那样躲躲闪闪

在世界边缘上排列　　指引神秘之路

8

大海在沙滩后面复习着远古的俯卧撑

长跑者颤动着肥厚的胸部　　一块牌子伸手拦住他

小心溺水　　痛风者躺在花园里　　餐厅在烹制鱿鱼

青年们在海滩上跳了一夜　　涨潮时鼾声如雷

付给导游一百美元的话　　可以去组团去另一处风景区

玛雅人死在那里　　他们的后裔在兜售假面具

一切都在暗示　　要好好地活着　　包括那些海鸥

它们躺在风上　就像中产阶级的宠儿　卫生　洁白
但是这一切意义何在　绕过海岬　另一片海屏住呼吸
像是风暴卷来的一具死尸

在智利黑岛的巴勃罗·聂鲁达故居

骑着反复无常的动物园　他在威严的悬崖上穴居
总是碰壁　浪头响得像是无数宴会在酩酊大醉中粉碎
成为永恒的沙滩　只有他在这里写着　星星和仆人才能
想象出《黄色的心》《无用的地理学》《疑问之书》和
那支披头散发的绝望之歌　海豚们的舞蹈老师　总是在
曙光中上课　有时命令地平线退后一排　好让他看到落日
发光的脚　总是在海啸登陆时　跳上无舵之舟　总是月亮
蹲在地毯上为他修补镜子　拖鞋和烟灰缸　他是共产党员
也是披着斗篷的鳄鱼　观念的沼泽多么混乱　他陷进去
死死咬住真理之肋　早餐中　他喜欢指着那瓶潜伏着贝壳
和沉船的葡萄酒　告诫盐和胡椒　这里深　不可涉水
过道连接着松树和卧室　黄金的主子　暴政的驯兽员
爱情的忠狗　闪电的灰骑士　笨手笨脚的老丈夫　有时
跨在马上接见总统　收集锚　玛瑙　玻璃瓶　白血病和
大海　爱好像个胖嘟嘟的小男孩　一位游客自命法官　声称
他已被逐出群众　囚于安第斯峰　也有贼午夜潜入厨房　撬开
牛排和罐头偷看他的颅骨　也有的来学习灵感　复习祈祷

见我在写诗　即刻有一排人要求合影　哦　巴勃罗·聂鲁达
你为世界调整过焦距　与女人们睡在星空下　伟大的胖子
黑暗的后裔　瞧他的床　还陷在靠南的漩涡中　海滨的墓园
仰卧着蓝头发的爱侣　多情的天空飞翔着野生玫瑰　沿着
小路旁的石头墙　可以走回祖母家　渔民也会带路　下一封
情书不知会被谁收讫　私奔　总是在夏天的尽头抛锚
沙子已筛过千万遍　激情改变了水温　海带延长着诗篇
在黄昏　沿着岛屿巡逻就像一首诗再次逃亡　走出幽暗的语词
恢复了好脂肪　大肚腩　厚嘴唇　白天的手和迈向死亡的信步
他爱好游泳　无数汪洋最后都归于无　仅那块披毯和那条手杖
还给了印第安人的集市　我也得到一块亚麻布　一条鱼　一根
玉米　邮递员扶着单车告诉我　说起这个好邻居　就像提到
本地的一只褐头鸥　无人会特别在意　"我喜欢你是寂静的"
继续看海　撒网　洗衣服　去葡萄园　然后回到夕光中的厨房
铺上白桌布　点灯　嘭的一声拔下酒瓶塞子　写信给某人
沐浴　拉起绣着火焰的小窗帘　此地所有人都是古铜色

2015年写，2017年3月21日星期二改

严力诗选

严力，诗人、艺术家、作家。1954年8月28日出生于北京。1973年开始诗歌创作，1985年留学美国纽约，1987年在纽约创办"一行"诗歌艺术团体。出版有诗集、中短篇小说集、长篇小说、散文集、画集等二十多部。获《诗选刊》2004·中国年度最佳诗歌奖、首届长安诗歌节长安现代诗成就大奖、网易首届《新世纪诗典》2011年度成就奖。目前居住于上海和纽约。

还给我

还给我

请还给我那扇没有装过锁的门

哪怕没有房间也请还给我

还给我

请还给我早上叫醒我的那只雄鸡

哪怕被你吃掉了也请把骨头还给我

请还给我半山坡上的那曲牧歌

哪怕已经被你录在了磁带上

也请把笛子还给我

还给我

请还给我爱的空间

哪怕已经被你污染了

也请把环保的权利还给我

请还给我我与我兄弟姐妹的关系

哪怕只有半年也请还给我

请还给我整个地球

哪怕已经被你分割成

一千个国家

一亿个村庄

也请你还给我

1986年

体内的电梯

浪漫确实能够抵抗平庸

幽默更能让知识跳起舞来

没有多少人还想用古代的一马平川

奔驰在没有盖起高楼大厦的身体里面

原始算不了什么

古代的历史太蠢太愚昧

现代人早已挖到了遗迹下面的矿石和石油

考古学确实失去了以往的神秘

现代人甚至在自己的心中

也在用高楼来建立将来的遗迹

所以现代的我们

为了到头脑上去眺望思想的风景

甚至要像观光客一样

在自己的体内

等待电梯

2004年

清明感怀

在清明感怀生命时

发现死亡没带走任何东西

种族、宗教、战争、礼帽、雨伞……

也没带走悼词和碑文

它仅仅带走了每个人独特的指纹

而手段全都留在了人间

2015年4月5日

杨炼诗选

杨炼，祖籍山东，1955年出生于瑞士伯尔尼，6岁时回到北京。1974年高中毕业后，在北京昌平县插队，之后开始写诗，成为《今天》主要作者之一。1983年，杨炼以长诗《诺日朗》引起诗坛关注，1988年被中国内地读者推选为"十大诗人"之一。出版诗集《土地》《无人称》《大海停止之处》《十六行诗》《艳诗》《李河谷的诗》《礼魂》《荒魂》《黄》《朝圣》（德译诗选）《面具与鳄鱼》（中英文对照诗选）《流亡的死者》（中英文对照诗选）等。获意大利FLAIANO国际诗歌奖、意大利诺尼诺国际文学奖、天铎长诗奖、卡普里国际诗歌奖。

四桥烟雨楼的飞檐

一、风景主题

是桥还是楼？都有水的步履

桥　四散的方向挂满琼花　桂花

楼　牵着死囚返回　鞭梢湿淋淋绿

一根柳丝拂低历史

一扇嫩的窗户　满湖飘洒终点

一道飞檐　拎着一座园林起飞

谁在漫步？水袖掸下诗句

吟　每座桥衔一轮自己的明月

每一缕月光抽出一支玉人的箫曲

穿过荷叶的街巷　鸟声的早市

千年　推着一个不愿醒来的梦转身

谁不是被梦见的？惊醒就跌入乱石

桨声咿呀　那背影是追不上的
四散的星辰不停车裂一本导游手册
飞檐　擦净血肉的钓饵

花窗两侧　眼睛被抹去两次
水　一座后宫　雕镂成内心
拍栏之手　抚弦之手　同一场沉溺

楼角斜斜垂下寒意
桥也是鬼魂　藏进一千重倒影
擎着美学　一个字用尽了花事

沿着瓦的足迹　云的足迹
谁呀　从储存无限毁灭的天空
又撕下这一页?

二、时间主题

竹子的厌倦

是一年年锁进登楼的脚步　被判决

装饰早成琥珀的春天

人的厌倦　转弯

木楼梯吱嘎作响　劈面一桶柏油

年龄黏稠　速度黏稠　深陷的长卷

此刻无限大　咫尺之外　湖岸　海岸

也加入你布置的钢铁静静生锈

一个人　轮回的慢的笔尖

经过　经历过　甬道之幽暗

眺望船来船往一道裂缝　花开花落

什么没出没于血泊？腐烂

用这幅画黏住　　暴露的器官

重复你见过的死　　你的那些死

飞檐收放飞鸟　　柏油味儿的大雪弥漫

也在登临　　一只鹤翩翩

穿缝死者　　更深葬入此刻这块磁石

哪双泪眼不在俯瞰

自己的远方　　那么多宇宙浸染

一点墨色　　今生来世都回到这儿

一枚琥珀中水声激溅

总是刚刚滴下的　　千年

滴落　　楼之遗址上一颗星

你的艺术　　找到一朵不原谅岁月的莲

三、空间主题

无数小小的金飞檐翘着波动

水面的风徐徐吹入水下

那房间搬得更空

那笼子　辞语编的　辞语般晶莹

一行诗句的水阁粼粼行驶

反锁在外的　还是我的眼睛

看　空间优雅如病

继续一场看不见的发育　扬州

暗暗吮着它所有的屠城

柳色　焚毁至湖底像一声

呼救　水位扮演败亡的远山

我的动荡　平铺直叙着被挪用

再说　也只是借景

凭栏亘古　墨迹还是血沁洇出的形式

飞檐奋张吸盘　楼　再多生灵

也填不满　水下一丝赝品的风

鬼魂的故乡只剩一个无尽的刑期

早判了　躯体集中营

把砖木　老漆囚在外面　倒映

囚在更外围的星系　那些我

拉开死后的直径

看　一个水做的　不在的构成

微微荡漾　从未超出一句的遗言

诗　冷冷把噩耗捧在手中

四、孤独主题

一个人　三种形象

当楼之一瞥　宛转如牡丹亭

当三个梦彼此梦着　摸不到的月光

格外色情　一条石子小径茫茫

指挥斑竹上纷飞的泪　碰洒脚步

一次溺死捞月的欲望

一个人是一条路　一千年的回廊

谁经过　就再抛光玉砌的雨声

比无声更远　满满抱着方向

比无人更像虚拟的历史　翅膀

四道飞檐俯冲进一张肉质古琴

裸露　碎的内脏

公子　那就追吧　那鬼魂船娘
还得继续为鬼魂诗篇斟酒
醉眼中写尽的　无尽的　仅仅一行

楼已在天边　浣洗朝代溢出的香
捕捉一幅干裂到眼底的构图
养殖　甚至无力结束的思想

三个形象　吹响
一枚人形的哨子　认出坠毁的燕子
孤独　一个永远的异乡

在故乡　黑暗一景幽幽哼唱
青石井沿下　父亲咳嗽声深怀亲密
父亲咳嗽声无比空旷

五、雨中：小径永不交叉的花园（一首赠别诗）

雨滴在名字里

而名字的宿命

在每颗小小的伤透的心里

湿　不能再哭泣

就像绿　到处垂挂珠帘

亮晶晶折射

亮晶晶不透明

就像赠别　从来比相聚更早

飞檐等在这里

看着你被铸着一千次飘落

我们飘落　烟和雨

一个形式中荡漾另一个形式

沿着飞檐下来

一根弯针徒劳缝合碎片

一只锚抛到肉里　恰似镐尖

刨　更多　更陌生的记忆

每个人的小径是一个无限

尽头　眼眶满噙秋水

蹬着刚认出的距离

四条轨道滑向四座断壁残垣

最初的诗　写在最后

命运叼着每个词低吼

你走　湖岸　柳色　一步步

删除成现在

雨声漏出　一座花园一具躯体

眺望的造物

彼此是词　且衍生为词

亮晶晶的栅栏一边拆除一边修建

你　用毕生才华追上一座

蛆虫的烟雨楼　鱼骨的烟雨楼

水的原稿抗拒修改

我们共同的　不能触摸的形状

一块粉红色大理石

推远海底　恰如爱的模具

还在剥什么也不剩的

每个人的烟雨楼

孤零零笼罩在爱情里

听一颗心死后也会发白

一首流逝之诗流逝进残骸

只是　真的

水上水下双重的房子

这首诗写给你　这无限

梦着你的无限　在飞檐上荡漾

烟雨中你的眼睑　脸颊　唇线

一抹借来的金色

赠别　埋进自己血肉

花园的形式　在每个墙角毁灭一次

用每个名字祭祀一次

冥想的惨痛之美　冥想你从未离去

沿着飞檐　迎向你升起

影戏

痛苦就像美　以自身为目的

墙是一只猫行走的舞台

而舞　是一场第三人称的大红大绿

深处有只手抛着落日　影子间

相爱的器官　攥紧了蝙蝠的尖叫

相弃　黄昏翩翩于一副掌心的肉垫上

猫眼中每一刹那都正纵身一跃

故乡　被剪裁

逗留于一朵刺青

一个角色被无限剥制成戏剧

灯光剥制着晚霞　捕捉侧过身子的现实

影子们褴褛地披着人格

每天缝合一场大笑　深处

那只杀手在响应　猫爪下

所有落日舔到自己的无血

相挟而入鼓掌的黑　抱着礼物睡去

柏桦诗选

柏桦，1956年1月21日生于重庆。毕业于广州外语学院。现为西南交通大学人文学院教授。在国内外出版诗集、文集多种。

知道

圣奥古斯丁知道
时间的第一秒与
创世的第一秒同步。
卢克莱修知道
氢原子的直径是
一亿分之一厘米。
中西裁缝知道
裁缝才有的裸露癖。
为什么一定是爱？
斯宾诺莎知道
上帝既不恨也不爱
我爱生活，我知道
我的学习听天由命……
有一个漫游时代
就有一个学习时代，
歌德，人是匿名的，
你知道你的真名字吗？

2018年2月20日

读尼采

"无邪的南方呵，请收下我！"

————尼采《在南方》

读尼采《自高山上》"那正午的
朋友——不！别问那是谁——
正午时分，有人结伴而行"谁？
突然的肩痛者正突然想到了你
"你们一本正经，我万事游戏"
在德国，也在中国，人们往往
舞蹈着走向真理。大汗淋漓者
不宜吃饭，宜站在大树下乘凉
好武断，白云是善，黑云是恶
烟在南方有用处吗？少年人问
我不太知道精致者有什么原则
尼采！宁穿过锁眼而不走大门

注释：为何大汗淋漓者不宜吃饭，宜站在大树下乘凉？因为尼采在他的一首诗《在夏日》里说了："汗流满面时／我们是否应吃饭？／大汗不宜进食／这是良医的判断。"

2018年2月22日

顾城诗选

顾城（1956.9—1993.10），中国当代诗人，出生于北京。朦胧诗派主要代表人物。"文革"期间开始诗歌写作，1974年起于《北京文艺》《山东文艺》《少年文艺》等报刊零星发表作品。1985年加入中国作家协会。1987年应邀出访欧美进行文化交流、讲学活动。1988年赴新西兰，讲授中国古典文学，被聘为奥克兰大学亚语系研究员。后辞职隐居激流岛。著有诗集《白昼的月亮》《舒婷、顾城抒情诗选》《北方的孤独者之歌》《铁铃》《黑眼睛》《北岛、顾城诗选》《顾城诗集》《顾城童话寓言诗选》《顾城新诗自选集》《英子》（与谢桦合著）《灵台独语》《城》等。《顾城诗全编》于其逝世后出版。作品译成英、法、德、西班牙、瑞典等十多种文字。

一代人

黑夜给了我黑色的眼睛

我却用它寻找光明

我的诗

我的诗

不曾写在羊皮纸上

不曾侵蚀

碑石和青铜

更不曾

在沉郁的金页中

划下一丝指痕

我的诗

只是风

一阵清澈的风

它从归雁的翅羽下

升起

悄悄掠过患者

梦的帐顶

掠过高烧者的焰心

使之变幻

使之澄清

在西郊的绿野上

不断沉降

像春雪一样洁净

消融

我是一个任性的孩子

也许

我是被妈妈宠坏的孩子

我任性

我希望

每一个时刻

都像彩色蜡笔那样美丽

我希望

能在心爱的白纸上画画

画出笨拙的自由

画下一只永远不会

流泪的眼睛

一片天空

一片属于天空的羽毛和树叶

一个淡绿的夜晚和苹果

我想画下早晨

画下露水

所能看见的微笑

画下所有最年轻的

没有痛苦的爱情

画下想象中

我的爱人

她没有见过阴云

她的眼睛是晴空的颜色

她永远看着我

永远，看着

绝不会忽然掉过头去

我想画下遥远的风景

画下清晰的地平线和水波

画下许许多多快乐的小河

画下丘陵——

长满淡淡的茸毛

我让它们挨得很近

让它们相爱

让每一个默许

每一阵静静的春天的激动

都成为一朵小花的生日

我还想画下未来

我没见过她，也不可能

但知道她很美

我画下她秋天的风衣

画下那些燃烧的烛火和枫叶

画下许多因为爱她

而熄灭的心

画下婚礼

画下一个个早早醒来的节日——

上面贴着玻璃糖纸

和北方童话的插图

我是一个任性的孩子

我想涂去一切不幸

我想在大地上

画满窗子

让所有习惯黑暗的眼睛

都习惯光明

我想画下风

画下一架比一架更高大的山岭

画下东方民族的渴望

画下大海——

无边无际愉快的声音

最后，在纸角上

我还想画下自己

画下一只树熊

他坐在维多利亚深色的丛林里

坐在安安静静的树枝上

发愣

他没有家

没有一颗留在远处的心

他只有，许许多多

浆果一样的梦

和很大很大的眼睛

我在希望

在想

但不知为什么

我没有领到蜡笔

没有得到一个彩色的时刻

我只有我

我的手指和创痛

只有撕碎那一张张

心爱的白纸

让它们去寻找蝴蝶

让它们从今天消失

我是一个孩子

一个被幻想妈妈宠坏的孩子

我任性

王家新诗选

　　王家新，诗人，诗歌评论家，教授。1957年生于湖北省丹江口市，1978年考入武汉大学中文系，大学期间开始发表诗作。兼有诗人、批评家与翻译家的多重身份。1982年毕业分配至湖北郧阳师专任教，1983年参加诗刊组织的青春诗会。1984年写出组诗《中国画》《长江组诗》，广受关注。1985年借调至北京《诗刊》从事编辑工作，出版诗集《告别》《纪念》。1986年始诗风有所转变，更为凝重，告别青春写作。1992年赴英做访问学者，1994年回国，后调入北京教育学院中文系，任副教授。2006年被中国人民大学文学院聘为教授，为中国20世纪90年代以来知识分子写作的代表性诗人。

访

一夜雪落无声
雪使万物遁形，喧闹的人们
返回最初的宁静

这是早晨，推开门
雪在呼吸。雪的耀眼的反光
使你再也想不起什么
昨天与前天，一片空白

门前的雪地上
却呈现出一串爪痕

鹿的？獐子的？或者
是那只传说中的红狐狸的？
无法辨认

如此清新的印记

胜于大理石上古老的刻辞

于是

诗人从昏睡中醒来

开始写诗

日记

从一棵茂盛的橡树开始

园丁推着他的锄草机,从一个圆

到另一个更大的来回。

整天我听着这声音,我嗅着

青草被刈去时的新鲜气味,

我呼吸着它,我进入

另一个想象中的花园,那里

青草正吞没着白色的大理石卧雕

青草拂动;这死亡的爱抚

胜于人类的手指。

醒来,锄草机和花园一起荒废

万物服从于更冰冷的意志;

橡子炸裂之后

园丁得到了休息;接着是雪

从我的写作中开始的雪;

大雪永远不能充满一个花园,

却涌上了我的喉咙；

季节轮回到这白茫茫的死。

我爱这雪，这茫然中的颤栗；我忆起

青草呼出的最后一缕气息……

1992年10月　比利时根特

晚年的帕斯

　去年他眼睁睁地看着

傍晚的一场大火

烧掉了他在墨西哥城的家

烧掉了他一生的珍藏

那多年的手稿和未完成的诗

那古老的墨西哥面具

和毕加索的绘画

那祖传的家具和童年以来

所有的照片、信件

那欢乐的拱顶，肋骨似的

屋橼，一切的一切

在一场冲天而起的火中

化为灰烬

那火仍在烧

在黑暗中烧

烧焦了从他诗中起飞的群鸟的翅膀

烧掉了一个人的前生

烧掉了多年来的负担

也烧掉了虚无和灰烬本身

人生的虚妄、爱欲

和未了的雄心

都在一场晚年的火中噼啪作响

那救火的人

仍在呛人的黑暗中呼喊

如影子一般跑动

现在他自由了

像从一场漫长的拷打中解脱出来

他重又在巴黎的街头坐下

落叶在脚下无声地翻卷

而他的额头，被一道更遥远的光照亮

2004年

肖开愚诗选

肖开愚，1960年生于四川省中江县。1979年从四川省绵阳地区中医学校毕业后在家乡行医。1987年到科学文艺杂志社做科幻小说编辑，1992年到上海，1997年去德国，受几个基金会的支持专事写作，其间曾在柏林自由大学兼课。2005年回国，现为河南大学中文系教授，上海音乐学院作曲系客席教授。1986年开始发表诗歌作品，著有1500多行的长诗《向杜甫致敬》，先后出版过《动物园的狂喜》《学习之甜》《肖开愚的诗》和诗文选集《此时此地》等，作品被译为德、英、法、意等语言出版。

乌鸦

有一天，在小学课堂，
我学会了这个名词。
那天晚上我看见它的黑色翅膀
从天空分离，像一把降落伞
带着飞翔的感觉落下，
罩住妹妹和我的身体。
唉，妹妹从院子里的核桃树下
迟疑地走进她的卧房，
走进一只巨大乌鸦的嘴里。
后来在异乡，在旧建筑的废墟
在我心脏的隔壁我看见鸦群
蓦然起飞如同死亡的预感
如同乌云一团，就想起妹妹。
她和一个男人结了婚，
在乡场唯一一条短街，
一个杂货铺里。

1997年1月19日

八十年代

第一次是在哪里，你穿着摄影服我们见面，

谈了什么，似乎还吃了什么？

第二次(或者就是第一次)是你意外

来我借住的院子，捎给我海子自杀的消息，

我已发过唁电但又泡在悲哀里；

爷爷死时我感到窒息但这次似乎不是人死，

虽然死者不过是死者中的一个，他的诗

我也不是最最喜欢。你也一样

你的看法带眼泪吗？我有点儿羡慕

死者的勇气，却不好表露。我找到了

你家，我找过但没有找到，但你没在那套房间

住多久。我们在那里看过录像带，炒过土豆丝，喝过啤酒

我没找到你父母家。你父母

琢磨你写诗是为偷懒，他们改变了看法，

他们的看法没错。我在你的临时家

写了几首诗和一篇小说，你写得更多。

  那时悲中有乐，绝望混着盼望，

下午起床，满窗斜照，窗下的裙墙外

农田荒废，那是夜人的清晨啊！

我们去书店又买又偷，收获之大，

夜晚长长；旧知识加新厌烦。

你一次次去我家有什么感觉？那是乡村

不是你想象的乡村；我的家

算不上家，小城算不上城，两者

都在赶我。那里不错，

我住在尸室隔壁和院长的楼上，

我涂改街道

人和事；凯江清亮

赐我语言。那些夏日黄昏我没有想到

岁月快过我，我习惯了的，

我想要稍稍改变的，忽然消失。

小巷子，熟面孔，骂声……

山下茶馆里的某盘棋的残局。

你给我的诗里写过的只剩下我，

我不住那里了。我试着找回

那个我。那是徒劳。你去了北京。

成都不是你的城市，北京也不是。

你把一圈黑影儿带在身边。你写地名，

或者有画乳房的感觉。你没变。

变了，白天不白，

晚上不黑。我则慢得

像抗议。白纸把你锁在笔尖，

没有时间，没有等待了。

我敢去车站送你了。任何时候，任何车站。

1998年11月17日　柏林

韩东诗选

　　韩东，1961年5月生于南京。8岁随父母下放苏北农村，1982年毕业于山东大学哲学系。历任西安财经学院教师，南京审计学院教师，1992年辞职成为自由写作者，后转聘于深圳尼克艺术公司，为职业作家。江苏省作家协会理事。1980年开始发表作品。1990年加入中国作家协会。著有小说集《西天上》《我的柏拉图》《我们的身体》，长篇小说《扎根》《我和你》，诗集《吉祥的老虎》《爸爸在天上看我》，诗文集《交叉跑动》，散文《爱情力学》，访谈录《毛焰访谈录》等。其作品被译成多种文字。

猫的追悼

我们埋葬了猫。我们

埋葬了猫的姐妹

我们倒空了纸袋

我们播撒尘埃

我们带着铁铲

走上秋天的山

我们搬运石头并

取悦于太阳

我们旅行

走进和平商场

进一步来到腌腊品柜台

在买卖中有一只死猫

我们在通讯中告知你这个消息

我们夸大了死亡，当我们

有了这样的认识

我们已经痊愈

冬至节

有人在街边烧纸

冬至节又到了

火光映亮了路边的树干

这些活着的人变成了一些影子

去亲近消失的死者

在街边，在墙脚，在亲人们生活过的院子里

损失和愧疚使我们感觉到另一个世界的存在

像大地一样黑沉沉

像火苗一样的灵敏热烈

吉狄马加诗选

　　吉狄马加，彝族，1961年6月生于中国西南部最大的彝族聚居区凉山彝族自治州，是中国当代最具代表性的诗人之一，同时也是一位具有广泛影响的国际性诗人，其诗歌已被翻译成二十多种文字，在近三十个国家或地区出版了近六十种版本的诗集。曾获中国第三届新诗（诗集）奖、郭沫若文学奖荣誉奖、庄重文文学奖、肖洛霍夫文学纪念奖、柔刚诗歌荣誉奖、国际华人诗人笔会中国诗魂奖、南非姆基瓦人道主义奖、欧洲诗歌与艺术荷马奖、罗马尼亚《当代人》杂志卓越诗歌奖、布加勒斯特城市诗歌奖、波兰雅尼茨基文学奖、英国剑桥大学徐志摩诗歌节银柳叶诗歌终身成就奖。创办青海湖国际诗歌节、青海国际诗人帐篷圆桌会议、凉山西昌邛海国际诗歌周以及成都国际诗歌周。现任中国作家协会副主席、书记处书记。

土墙

我原来一直不知道，以色列的石头，能让犹太人感动。

——题记

远远望过去
土墙在阳光下像一种睡眠

不知为什么
在我的意识深处
常常幻化出的
都是彝人的土墙

我一直想破译
这其中的秘密
因为当我看见那道墙时
我的伤感便会油然而生

其实墙上什么也没有

毕摩的声音

——献给彝人的祭司之二

你听见它的时候

它就在梦幻之上

如同一缕淡淡的青烟

为什么群山在这样的时候

才充满着永恒的寂静

这是谁的声音？它漂浮在人鬼之间

似乎已经远离了人的躯体

然而它却在真实与虚无中

同时用人和神的口说出了

生命与死亡的赞歌

当它呼喊太阳、星辰、河流和英雄的祖先

召唤神灵与超现实的力量

死去的生命便开始了复活！

杨黎诗选

　　杨黎，1962年8月生于成都。1980年开始写作，曾与万夏、于坚、李亚伟、韩东等开创第三代诗歌运动，是该运动的发言人和主要代表诗人之一。

时光

即使一个人在家

我依然穿得衣冠楚楚

美好的生活

从一身漂亮的衣服开始

如我坐在电脑前

抬头看见电脑旁边的镜子

我就像在参加会议

特别是吃晚饭时，我坐在桌子前

脱下外套，给自己倒一杯

慢慢喝，完全在招待一个贵客

哲学问题

我进去时，你明显知道
那已经是五年前了
我出去时，你也知道
在我进去以后
但我们的事情她一点也不知道
我进来，你叫了一声
我出去一半，暗藏的水汹涌
她看似无语，的确是无语
而我愿意把她视为哲学问题

远飞807

平面主义的诗人沙马

写了一首诗叫

"好的死亡，比活着

更重要"：我不信

因为我不知道什么是好的死亡

青春生命，戛然而止

那是人类永远的大不幸

即使像诗人海子

他死得那么惨，虽然他死后

都重要成一代偶像，但我认为

他如果活着，才能叫重要

所有活着的都是重要的、更重要的

而死亡，只是不得已的事情

我们千万不要相信一个不怕死的人

更不要相信不怕死的说法

无论他说的什么理想、真理和爱情

我们都不信：除非他死后

告诉我们他比活着时多了一个老婆

哪怕仅仅一个

王寅诗选

王寅，诗人、作家、记者、摄影师。1962年生于上海。出版有《王寅诗选》《艺术不是唯一的方式》《摄手记》（新浪读书2012年度十大好书）《灰光灯》等著作多种。先后获得第一届江南诗歌奖、第三届东荡子诗歌奖等。作品被译成英、法、德、西、挪威、波兰、日、韩、蒙等十余种文字。出版《无声的城市》《说多了就是威胁》《因为》等法语诗集三种。

应邀参加第十五届波兰北西里西亚艺术节（2005）、巴黎诗人之春朗诵会（2009）、法国圣纳泽尔文学和翻译驻留计划（2010）、第三十六届巴黎书展（2014）、第二十届利勒哈默尔挪威文学节（2015）、第十三届法国瓦勒德马恩省国际双年诗歌节（2015）、法国圣纳泽尔文学节（2016）、美国亨利·卢斯基金会中国诗歌写作与翻译项目（2017）、第二十届新加坡作家节（2017）。

晚年来得太晚了

晚年来得太晚了

在不缺少酒的时候

已经找不到杯子，夜晚

再也没有了葡萄的颜色

十月的向日葵是昏迷的雨滴

也是燃烧的绸缎

放大了颗粒的时间

装满黑夜的相册

漂浮的草帽遮盖着

隐名埋姓的风景

生命里的怕、毛衣下的痛

风暴聚集了残余的灵魂

晚年来得太晚了

我继续遵循爱与死的预言

一如我的心早就

习惯了可耻的忧伤

此刻无须知晓生死

星光暗着，却看得清
你闪亮的嘴唇和眼睛
你一手抱着膝盖，一手
端着咖啡，等待水温变凉

我倚靠着熟睡的石头，听着
不安的蝉鸣掠过你的脊背
就像看你在雨后潮湿的
窄巷里艰难地倒车

也许揉皱的衣服应该再熨一下
也许应该再次拨动夏季的时针
咖啡杯里荡漾的图案
是你我无法预设的结局

这世界已经坏得无以复加，我们

只是侥幸在这空隙短暂停留
此刻无须知晓生死
只有走廊里的灯光依然灿烂

西川诗选

西川，原名刘军，1963出生于江苏省徐州市，知识分子写作诗群代表诗人之一。1985年毕业于北京大学英文系。曾参加《倾向》《现代汉诗》等诗歌刊物的编辑工作，并投身当时全国性的诗歌运动，现在北京师范大学任教。著有诗集《中国的玫瑰》《隐秘的汇合》《虚构的家谱》《大意如此》《西川的诗》，散文集《水渍》《游荡与闲谈：一个中国人的印度之行》，随笔集《让蒙面人说话》，评著《外国文学名作导读本·诗歌卷》，译著巴恩斯通的博尔赫斯访问记《博尔赫斯八十忆旧》、美国诗人米沃什的回忆录《米沃什词典》（与人合译）。其部分作品已被译为英、法、荷、西、意、日等国语言。曾获《十月》文学奖（1988）、《上海文学》奖（1992）、《人民文学》奖（1994）、现代汉诗奖（1994）、联合国教科文组织阿奇伯格奖修金（1997）、鲁迅文学奖（2001）、美国弗里曼基金会奖修金（2002）等。

蚊子志

一万只蚊子团结成一只老虎，减少至九千只团结成一只豹子，减少至八千只团结成一只走不动的黑猩猩。而一只蚊子就是一只蚊子。

一只吸血的蚊子，母蚊子，与水蛭、吸血鬼同归一类，还可加上吸血的官僚、地主、资本家。天下生物若按饮食习惯分类，可分为食肉者、食草者和吸血者。

在历史的缝隙间，到处是蚊子。它们见证乃至参与过砍头、车裂、黄河决堤、卖儿卖女，只是二十五部断代史中没有一节述及蚊子。

我们今天撞上的蚊子，其祖先可追溯至女娲的时代。（女娲，美女也，至少《封神演义》中有此一说。女娲性喜蚊子，但《封神演义》中无此一说。）

但一只蚊子的寿限，几乎在一个日出与日落之间，或两个日出与日落之间，因此一只蚊子生平平均可见到四五个人或二三十口猪或一匹马。这意味着蚊子从未建立起有关善恶的观念。

有人不开窗，不开门，害怕进蚊子，他其实是被蚊子所拘禁。有人不得不上街头的厕所，当他被蚊子叮咬，他发现虽奇痒但似乎尚可

容忍。

我来到世上的目的之一，便是被蚊子叮咬。它们在我的皮肤上扎进针管，它们在我的影子里相约纳凉，它们在我有毒的呼吸里昏死过去。

深夜，一个躺在床上半睡半醒的人自打耳光。他不是在反省，而是听见了蚊子的嗡嗡声。他的力量用得越大，他打死蚊子的几率越高，听起来他的自责越严厉。

那么蚊子死后变成谁？一个在我面前嗡嗡乱飞的人，他的前世必是一只蚊子。有些小女孩生得过于瘦小，我们通常也称她们为"蚊子"。

保护大自然，就是保护蚊子及其他，其中包括疟疾之神。保护大自然，同时加快清凉油制造业。就是努力将蚊子驱赶出大自然。但事实证明这极其困难。

把蚊子带上飞机，带上火车，带往异国他乡，能够加深我们的思乡之情，增强我们对于大地的认同感。每一次打开行李箱，都会飞出一只蚊子。

蚊子落过和蚊子不曾落过的地方，看上去没有区别，就像小偷摸过和小偷不曾摸过的地方，看上去也没有区别。细察小偷的行迹，放大镜里看见一只死去的蚊子。

2003年1月

回答启明星（45断章节选）

1.

黑夜是七只螟蛾的睡眠

黎明是五位鲛人的歌声

正午是三只田鼠的爪痕

黄昏是一只乌鸦的阴影

2.

一杯清水

给过路的小鸟

痛饮

3.

三只母鸡

对着话筒

酣眠

4.

喜马拉雅山脉的九座冰峰。

我头脑中的九道难题。

九位先哲。

九位守身如玉的女神。

5. 战国时代

我的脸还不是桃花

我的手还不是燕子

我还不是屈原——或者，甚至

我还不是他的同伴

7. 盲者

定命之赐的黑暗，你抚摸着——

今夜你抚摸你自己，摸出

这是一个人，一具肉体，不是灵魂。

8.

我呼吸，我的心脏会怎么想？

我呕吐，我的灵魂会怎么想？

9.

我泼出的每一滴水都变成飞鸟

我投出的每一块石头都自由地喧闹

10.

请原谅我沙哑的嗓音：

呼唤蝴蝶，蝴蝶便衰老

呼唤梨花，梨花便凋谢

11.

旷野上的读书人

被一个狂想激动

被一只小鸟制止

14.

在突然到来的孤寂里
很少关心自己的人不禁黯然啜泣

15.

史册搬进宫殿
宫殿搬进大火
你被遗漏在此
向往纯洁生活

18.

我掰开菊花的脚趾
闻到的竟是香味

21. 但丁

飘浮在空中的云朵，我的
贝亚德丽采肃立其上
整个意大利只有我能望见她——
现在我写下《神曲》的第一行

22. 堂·吉诃德

我的长矛空自渴望战斗
我的金币空自梦想着穷人

23.

一束阳光
投射到拾麦穗的
穷孩子手边

24.

谁敢说这个小近视眼将来不会是

一种新的酷刑的发明者？

谁敢说他不会第一个领略那酷刑？

蔡天新诗选

　　蔡天新，1963年生于浙江黄岩，1978年考入山东大学数学系，1987年获得博士学位。现为浙江大学数学系教授、博士生导师。自学生时代开始写诗，主要文学著作有诗集《彼岸》（五人合集）《梦想活在世上》《美好的午餐》，散文集《横越大陆的旅行》《小回忆》，传记《与伊丽莎白·毕晓普同行》，随笔集《数字和玫瑰》《在耳朵的悬崖上》《难以企及的人物》等，主编《现代诗100首》。诗作被译成多种西方文字和阿拉伯语，曾获《诗林》优秀诗歌奖、《青年时报》年度散文家奖、斯洛文尼亚2004年水晶文学奖提名奖等。1995年创办民间诗刊《阿波利奈尔》。

温柔的心

飞机穿越巴拿马湾

仿佛那口弯弓上

一枚红色的箭矢

射向哥伦比亚

多年以前的那个初春

我曾从委内瑞拉

进入南美大陆

一片混浊的海水

虽然激情不再

却是河山依旧

而故地重游

仍有一阵风吹来

那一片片云彩

与机翼不断摩擦

也似乎年华老去

却多出一颗温柔的心

2013年10月20日　墨西哥城–波哥大

海边的妇女

她端坐在墨西哥湾
双手扶着疲惫的膝盖
红色的上装，白色的短裙
身体因发福而显局促
靠背看似大理石但却不是
在她身旁的那位老妇
穿着浅蓝色的连衣裙
头颅微微转向了东方
那怡然的坐姿和神情表明
她已经完成了人生大事
我还想说大海是一面镜子
照见了每个人的内心
在她们的身体后面
有一小片柔软的沙滩
和一望无际的深蓝

2013年10月15日　梅里达

杨北城诗选

杨北城，1964年1月出生于黑龙江，祖籍江西南康，现居北京、南昌两地。世界诗人大会中国办事处常务副秘书长，北京诗社副社长。创办江西瑶湖诗会，有作品散见《海燕》《芳草》《诗潮》《诗林》《诗选刊》《诗刊》等，出版诗文集《皈依之路》《秘密的火焰》，编著《二十一世纪江西诗歌精选》。

惊蛰

我知道还有一场倒春寒
从惊蛰到立夏，还有很长一段路
中间隔着春分，清明，谷雨
如果你准备好了，要出趟远门
我们可以结伴，也可以陌路
在一只叶蝶的梦里，欢喜却不说话
身后是一大片待耕的水田
青蛙的孩子们，在学蛙泳

艾草，在打雷之前摇摆不定
雨季还没有完全到来
这不要紧，我们还有如水的交情
君子们都在深院，读着圣贤书
你想私会的探春赏花去了
顿悟或先知，不过蜻蜓点墨

你向时间屈服，却拥有了时间

那就听命吧，做一蓬早醒的菖蒲

任你把一个冬天的怨气

一股脑，撒在我身上

铁匠

铁匠之死，是一炉铁水的渴意
是一块大铁的喑哑，在
铁钻之上，又叮当响起的
比马蹄声更缭乱的，一只仓鼠
被风箱所困

一块铁，从铁矿中醒来
一个人，在镰刀上安睡
他的铁锤，砸得越重
刀变得越轻，它的轻
曾使一个秋天的麦芒，俯首

一块麦地，等待一把镰
只要一个季节，而一块好铁
等待一个铁匠，却需要一生
他一生打造的镰
足于收割，一个远逝的年代

他一直沿袭着，这祖传的手艺
用一坛童子尿
为开镰的刀，淬火
那藏于刀刃上的家学，如此精湛
几乎令所有的铁，失去了铁色

多少年，我一直惊异于他的手艺
他的内心，燃烧着
一个村庄的铁器
他把铁，打进了骨里
他身后的风，变得很硬
叫一声师傅，打把镰
春天的麦地，行将荒芜

臧棣诗选

　　臧棣，1964年4月生在北京。1983年9月考入北京大学中文系。1997年7月获北京大学文学博士学位。1999年赴美国加利福尼亚大学戴维斯校区做访问学者。现任教于北京大学中文系，北京大学中国诗歌研究院研究员。出版诗集有《燕园纪事》（1998）《风吹草动》（2000）《新鲜的荆棘》（2002）《沸腾协会》（2005）《必要的天使》（2015）《就地神游》（2016）等。编选作品有《里尔克诗选》《1998年中国最佳诗歌》《北大诗选》（与西渡合编）等。曾获《南方文坛》杂志"2005年度批评家奖"、中国当代十大杰出青年诗人（2005）、1979—2005中国十大先锋诗人（2006）、中国十大新锐诗歌批评家（2007）、第七届华语文学传媒大奖·2008年度诗人奖（2009）、首届苏曼殊诗歌奖（2010）、2015星星年度诗人奖（2015）等。

母亲的金字塔入门

你从画报上看到上了年纪
印第安女人的面孔
比时间的皱纹更密集于
命运之神从我们身上夺走的
生命的魅影。明亮的背景中，
太阳金字塔像一座孤岛
隐喻着它四周看不见的海水。
与你的姐妹相比，你不太热衷于
从风景中提炼秘密，无论是
生活的秘密，还是存在的秘密；
因为在你看来，太美的风景
都是对人生如梦的刻意的加速，
那近乎一种心灵的失控。
但这一次，情况似乎有点不同；
你明确地说，你很想去看看
桌状高原上的金字塔。就好像
只有现场才会成就这样的震撼——

巍峨的呼吸，竟然先于

阿兹特克人的直觉。巨大的静止

化身为信仰的建筑，从每个角度

看过去，都比遗迹还擅长奇迹。

或许，它的静止的表演也意在提醒你，

我们并不是宇宙的唯一的观众。

有好几次，我努力避开来自世界

各地的游人，将自己置身于

金字塔那明亮的阴影中：那里，

亲爱的母亲，我所能看见的一切，

无不来自你无形的高度。

2015年12月1日

　　注：太阳金字塔（Pirámide del Sol），位于墨西哥的特奥蒂
瓦坎古城城北。

清晨的秩序入门

如果涉及纯粹的观感，
宇宙其实比真相还孤独；但假如
仅限定我们能在可见的事物中
做出怎么的选择，我们的真相
其实比你的宇宙还孤独。
高原之上，拉丁美洲的清晨，
正用陌生突破陌生，巨大的玫瑰色
播放地平线上的环状呼吸。
倾听和凝视以拉丁塔尖为暗号，
在人的内部已各就各位。
如果你看，美术官的穹顶
便是翻仰的鲸鱼的腹部，
无声的呐喊沉淀着古老的夜色；
如果你真的想听到不那么容易
听到的，诗，其实一直在克服

我们的好奇不是我们的面子。

——For Alí Calderón

2015年11月30日

人在墨西哥入门

方向感奇好但架不住

身为一座城市，古老的墨西哥

取名自阿兹特克人的战神。

幸好有马德雷山脉始终点缀在

明净的部分，提醒我

东西的东，究竟站在哪一边。

好吃的东西都带股倔强劲，

且都和玉米是否伟大有关；

所以，香料喜欢斗狠，不把虚无辣翻，

你怎么会有机会？热爱生活的机会，

也是诗歌的机会。是的，

你没有听错，就好像龙舌兰酒

只有在入夜后的长椅上喝，才能喝出

墨西哥的滋味。你尽可以怀疑，

但放松如仙人掌之后，宇宙的滋味

也掺杂在其中。每一瓶龙舌兰

仿佛都能沿人生，让存在的荒谬

踉跄不止一下。所以，迷宫里的将军

也是诗歌的将军。没错，

会跳舞的城市，我在其他地方

确实还没见过，拉丁风格的夜曲

比鲸鱼的睡眠还轻柔。

给人生一个面子，化哭泣为力量

好像也没失真到哪里去。

但是，真正值得去冒险的，

对你来说，似乎是化孤独为力量。

2015年11月28日

张执浩诗选

张执浩，1965年8月生于湖北荆门，1988年毕业于华中师范大学历史系。曾在武汉音乐学院任教多年，现为武汉市文联专业作家，《汉诗》执行主编。主要作品有诗集《苦于赞美》《动物之心》《撞身取暖》《宽阔》《欢迎来到岩子河》《给你看样东西》和《高原上的野花》等，另著有长、中短篇小说集和随笔集多部。作品曾入选200多种文集（年鉴），曾先后获得过中国年度诗歌奖（2002）、《人民文学》奖（2004）、《十月》年度诗歌奖（2011）、第十二届华语文学传媒大奖年度诗人奖（2013）、首届中国屈原诗歌奖金奖（2014）、《诗刊》2016年度陈子昂诗歌奖、第二届《扬子江》诗歌双年奖（2017）等奖项。

一杆秤

杀牛的那天下午

我们坐在田坎上把玩一杆秤

漆黑油腻的秤杆上

有一串白色的模糊的星星

秤钩又亮又尖

秤砣又大又沉

全村的人都来了

欢天喜地地围着一口大铁锅

杀牛的那天下午

我们在沸腾的铁锅旁

央求屠夫

将我们每个人都挂在铁钩上

称一称

当我蜷着腿离开地面时

我第一次知道了

自己的斤两

红糖与油条

再过一座松林就到外婆家了
再往前走一段路就能看见
堰塘，菜地和一树梨花
再坚持一会儿夕阳就落山了
湿透的衣服就能被风晾干
好像从来没有怕过鬼
再小跑几步就会听见狗叫
花狗堵在三岔路口
再让它嗅一嗅五岁的你吧
你身上有红糖和油条的气味
再让这气味在遥远的年代
多飘荡一会儿

写诗是……

写诗是干一件你从来没有干过的活

工具是现成的，以前你都见过

写诗是小儿初见棺木，他不知道

这么笨拙的木头有什么用

女孩子们在大榕树下荡秋千

女人们把毛线缠绕在两膝之间

写诗是你一个人爬上了跷跷板

那一端坐着一个看不见的大家伙

写诗是囚犯放风的时间到了

天地一窟窿，烈日当头照

写诗是五岁那年我随哥哥去抓乌龟

他用一根铁钩从泥洞里掏出了一团蛇

至今还记得我的尖叫声

写诗是记忆里的尖叫和回忆时的心跳

舒冲诗选

舒冲，笔名大舒舒，生于1965年9月，现居上海。出版有诗集《大舒舒的诗与歌》《在那个年代》。2016年参加阿根廷罗莎里奥国际诗歌节，2017年参加墨西哥城国际诗歌节。

老去的少年

老去的少年

还想在荒原上嚎叫

不想在草叶里寂静

二十岁前听到的梦话是既往不咎

三十岁前看到的大海不是蓝色的

四十岁的满脸菜色黄到发绿像爬满了青苔

五十岁的满身赘肉让人从此不再直视自己

仰望多了神就来了

俯瞰多了美就来了

走神多了魔就来了

专注多了魂就来了

少年已老去

荒原上只许寂静

连草叶里也不许嚎叫

伊沙诗选

伊沙，原名吴文健。诗人、作家、批评家、翻译家。1966年5月生于四川成都。1989年毕业于北京师范大学中文系。现于西安外国语大学中文学院任教。出版著、译、编作品80余部，部分诗作被译为英、德、西、日、世界语。主持编著《新世纪诗典》。获美国亨利·鲁斯基金会中文诗歌奖金、韩国"亚洲诗人奖"以及中国国内数十项诗歌奖项。应邀出席瑞典第十六届奈舍国际诗歌节，荷兰第三十八届鹿特丹国际诗歌节，英国第二十届奥尔德堡国际诗歌节，马其顿第五十届斯特鲁加国际诗歌节，中国第二、三、四、五届青海湖国际诗歌节，第二届澳门文学节，美国佛蒙特创作中心驻站作家等国际交流活动。

车过黄河

列车正经过黄河

我正在厕所小便

我深知这不该

我　应该坐在窗前

或站在车门旁边

左手叉腰

右手作眉檐

眺望　像个伟人

至少像个诗人

想点河上的事情

或历史的陈账

那时人们都在眺望

我在厕所里

时间很长

现在这时间属于我

我等了一天一夜

只一泡尿功夫

黄河已经流远

1998年

张常氏，你的保姆

我在一所外语学院任教

这你是知道的

我在我工作的地方

从不向教授们低头

这你也是知道的

我曾向一位老保姆致敬

闻名全校的张常氏

在我眼里

是一名真正的教授

系陕西省蓝田县下归乡农民

我一位同事的母亲

她的成就是

把一名美国专家的孩子

带了四年

并命名为狗蛋

那个金发碧眼

一把鼻涕的崽子

随其母离开中国时

满口地道秦腔

满脸中国农民式的

朴实与狡黠

真是可爱极了

1998年

阳光下的醉鬼

长安的秋日

这午后的阳光

多么难得

坐在我所任教的学院

教学楼前的台阶上

我像个贪杯的酒鬼

被阳光晒醉

半小时的阳光

相当于三两酒的能量

在醉眼蒙眬中

我看见阳光

仿佛液态的酒

在一个被X光透视出的

惨白人体

那四通八达的血管中

高速奔流

2004年

雷平阳诗选

雷平阳，诗人，散文家，1966年7月23日生于云南昭通，现居昆明。著有作品集二十余部，曾获华语传媒大奖诗歌奖、鲁迅文学奖等奖项。

脸谱

博尚镇制作脸谱的大爷

杀象，制作象脸

杀虎，制作虎脸

他一直想杀人，但他已经老朽

白白的在心里藏着一堆刀斧

山中

一个人走在梵净山中

听到不止一种鸟儿，在密林间

自己喊着自己的名字

路经一片开得正好的乔木杜鹃丛

我也大叫了一声自己的名字

确定四周无人

才又压低嗓门，回答："我在这儿呢！"

胡弦诗选

胡弦，1966年8月出生，现居南京，《扬子江诗刊》主编。出版诗集《沙漏》（2016），散文集《永远无法返乡的人》（2016）等。曾获诗刊社"新世纪十佳青年诗人"称号（2009）、闻一多诗歌奖（2011）、徐志摩诗歌奖（2012）、《十月》年度诗歌奖（2012）、柔刚诗歌奖（2014）、《诗刊》年度诗歌奖（2014）、中国诗歌排行榜2014—2015年度奖（2015）、腾讯书院文学奖（2016）、花地文学榜年度诗人奖（2017）等。

峡谷记

峡谷空旷。谷底，

大大小小的石头，光滑，像一群

身体柔软的人在晒太阳。

它们看上去已很老了，但摸一摸，

皮肤又光滑如新鲜的孩童。

这是枯水季，时间慢。所有石头

都知道这个。石缝间，甚至长出了小草。时间，

像一片新芽在悄悄推送它多齿的叶缘；又像浆果内，

结构在发生不易察觉的裂变。

我在一面大石坡上坐下来，体会到

安全与危险之间那变化的坡度。脚下，

更多的圆石子堆在低处。沉默的一群，

守着彼此相似的历史。

而猛抬头，有座笔直的石峰，似乎已逃进天空深处。

在山谷中，虚无不可谈论，因为它又一次

在缓慢的疼痛中睡着了。

当危崖学会眺望，空空的山谷也一直在

学习倾听：呼啸的光阴只在

我们的身体里寻找道路。

那潜伏的空缺。那镂空之地送来的音乐。

蛇

爱冥想。
身体在时间中越拉越长。

也爱在我们的注意力之外
悄悄滑动，所以，
它没有脚，
不会在任何地方留下足迹。

当它盘成一团，像处在
一个静止的涟漪的中心。
那一圈一圈扩散的圆又像是
某种处理寂寞的方式。

蜕皮。把痛苦转变为
可供领悟的道理：一条挂在
树枝上晃来晃去的外套。又一次它从
旧我那里返回，抬起头

眺望远方……也就是眺望

我们膝盖以下的部分。

长长的信子，像火苗，但已摆脱了

感情的束缚。

偶尔，追随我们的音乐跳舞，

大多数时候不会

与我们交流。待在

洞穴、水边，像安静的修士，

却又暴躁易怒。被冒犯的刹那

它认为：毒牙，

比所有语言都好用得多。

余怒诗选

余怒，出生于1966年12月，著有诗集《守夜人》
《余怒诗选集》《余怒短诗选》《枝叶》《余怒吴橘
诗合集》《现象研究》《饥饿之年》《个人史》《主
与客》和长篇小说《恍惚公园》。先后获第三届或者
诗歌奖、第二届明天·额尔古纳诗歌奖、第五届红岩
文学奖·中国诗歌奖、2015年度《十月》诗歌奖、漓
江出版社第一届年选文学奖·2017中国年度诗歌特别
推荐奖等奖项。

第一次

第一次我在羊齿植物
的齿状叶片间舒展四肢，享受
还来得及的、没有哲学味儿的
欢愉。这是胸腹之间世俗哲学的欢愉。
我们，制造过多少幽灵，
以恐吓我们自己，利用
文学手段。不啻给自己找麻烦。
野外，白榆树上，刺蛾科
的绚丽，徒然富有表现力。

衰老中的我们

借助于衰老我们知道得更多，
超过一张张旧照片叠加的印象——
徒步登山与乘坐缆车的区别。
从男女之事中去获得经验这事儿
并不靠谱。事后听力、视力
都在下降。在窗帘拉开的
每一个新早晨，对发生的
每一件小事情说："谢谢"，
颇具形式感。像一对日本夫妇。

谷禾诗选

　　谷禾，1967年端午节出生于河南农村。20世纪90年代初开始写诗并发表，著有诗集《飘雪的阳光》《大海不这么想》《鲜花宁静》《坐一辆拖拉机去耶路撒冷》和小说集《爱到尽头》等多部。曾获华文青年诗人奖、《诗选刊》最佳诗人奖、扬子江诗学奖、刘章诗歌奖、《芳草》汉语诗歌双年十佳等奖项。

树疤记

我见过的每一棵树，都留有

大小不一的疤痕，

我从没想过它的来处

和去处。你说它得自风雨，

我不信，却无法举证。

蚂蚁也不信，它爬上去，小心地

探测，一点点地，

进入疤痕内部。出来时，

却生出了明亮的翅膀。也许它有

甜蜜的黑暗，我不曾啜饮，

但它一定也有秘密的疼痛、孤独，

自我治愈的本领。一块块

疤痕，并不影响

树木生长，而且愈多愈茂盛。

我见过一片树叶上的星空，

以及它内部的浩瀚。

一块疤痕，有时流出清澈的汁液，

也有做了蚁穴。但冬去春来，

依然生出新枝，绿荫。

对着疤痕哭泣的女人，疤痕记住了她，

也在她心上留下疤痕。

我年轻时用刀子刻下的名字，

如今也变成了

旧疤痕，随树生长，

一次次地，把我从梦里喊起来，

坐到灯下，忆及从前，

低头时，看见数不清的疤痕，

又从骨头深处泛出来。

2015年5月

坐一辆拖拉机去耶路撒冷

我记得多年前的一个夏日

练沟河两岸的麦子已经收尽

一垛垛麦秸，在暮光里

如蘑菇生长，又如初堆的新坟

我去村子里看望老去的父母

在一段土坡路上，相遇了陷入泥泞的拖拉机

拖拉机上坐满了出远门的农民

他们长着比我憨实的笑脸，黧黑的面皮

我帮他们一起用力

把吐着黑烟的拖拉机推出泥泞

他们问我从哪里来，热情地邀我

与他们一起去耶路撒冷

他们说那儿是耶稣的家乡

他复活后一直与上帝生活在那里

那里才是人间天堂

坐着这拖拉机，天黑前就可以到达

他们扶老携幼坐上去

唱着上帝的赞美诗

在我的注视下，一会儿消失在了晚霞里

2016年6月

蓝蓝诗选

蓝蓝，1967年12月出生于山东烟台。14岁开始发表作品。出版有诗集《含笑终生》《情歌》《内心生活》《睡梦睡梦》《诗篇》《蓝蓝诗选》《从这里，到这里》《唱吧，悲伤》《从缪斯山谷返回》《世界的渡口》；中英文双语诗集《身体里的峡谷》《钉子》；俄语诗集《歌声之杯》(与巴别洛夫合著)；童诗集《诗人与小树》；散文诗集《飘零的书页》《燕麦草》；散文随笔集《人间情书》《滴水的书卷》《夜有一张脸》《我是另一个人》；长篇童话《梦想城》《坦克上尉歪帽子》《大树快跑》和短篇童话集《蓝蓝的童话》《魔镜》；童话评论集《童话里的世界》等。作品被译为十余种语言。获诗歌与人·国际诗人奖、冰心儿童文学新作奖（2009）、宇龙诗歌奖，被《诗歌与人》杂志评为"最受读者欢迎的十位中国女诗人"之一，2009年获得"中国十佳诗人"称号，2014年被希腊荷马故乡希奥斯市授予荣誉市民称号。曾多次应邀参加世界各地的诗歌节。

野葵花

野葵花到了秋天就要被
砍下头颅。
打她身边走过的人会突然
回来。天色已近黄昏，
她的脸，随夕阳化为
金色的烟尘，
连同整个无边无际的夏天。

穿越谁？穿越荞麦花的天边？
为忧伤所掩盖的旧事，我
替谁又死了一次？

不真实的野葵花。不真实的
歌声。
扎疼我胸膛的秋风的毒刺。

1991年

诗人的工作

一整夜，铁匠铺里的火
呼呼燃烧着。

影子抡圆胳膊，把那人
一寸一寸砸进
铁砧的沉默。

2005年12月

哥特兰岛的黄昏

"啊！一切都完美无缺！"
我在草地坐下，辛酸如脚下的潮水
涌进眼眶。

远处是年迈的波浪，近处是年轻的波浪。
海鸥站在礁石上就像
脚下是教堂的尖顶。
当它们在暮色里消失，星星便出现在
我们的头顶。

什么都不缺：
微风，草地，夕阳和大海。
什么都不缺：
和平与富足，宁静和教堂的晚钟。

"完美"即是拒绝。当我震惊于
没有父母和孩子

没有我家楼下杂乱的街道

在身边——如此不洁的幸福

扩大着我视力的阴影……

仿佛是无意的羞辱——

对于你，波罗的海圆满而坚硬的落日

我是个外人，一个来自中国

内心阴郁的陌生人。

哥特兰的黄昏把一切都变成噩梦。

是的，没有比这更寒冷的风景。

2009年

鲁若迪基诗选

鲁若迪基，又名曹文彬，普米族，1967年12月出生于云南省宁蒗县。出版诗集《我曾属于原始的苍茫》《没有比泪水更干净的水》《一个普米人的心经》《时间的粮食》等多部。作品曾获第五届、第七届中国少数民族文学创作"骏马奖"，首届汉语诗歌双年十佳奖，第三届徐志摩诗歌奖，第十五届中国人口文化奖等。中国作家协会全国委员会委员、中国作家协会少数民族文学委员会委员、云南省作家协会副主席。现居丽江市。

小凉山很小

小凉山很小

只有我的眼睛那么大

我闭上眼

它就天黑了

小凉山很小

只有我的声音那么大

刚好可以翻过山

应答母亲的呼唤

小凉山很小

只有针眼那么大

我的诗常常穿过它

缝补一件件母亲的衣裳

小凉山很小

只有我的拇指那么大

在外的时候

我总是把它竖在别人的眼前

最平均的是死亡

千百次了

我们从死亡的边缘体味着活

却没法从活里体味到死

虽然我们能从草根里的苦

咀嚼一丝丝的甜

却没法从甘蔗里的甜

体味黄连的苦

虽然我们能从母亲的白发

体味生的艰辛

却没法从父亲的皱纹

感受幸福时光

我们可能一千次在艰难中生

却不能坦然地面对一次死亡

其实有什么呢

不就是让你闭上眼睛吗

不就是让你不要再说话了吗

不就是让你不要再听见什么了吗

不就是让你不要再走动了吗

不就是让你不要再思想了吗

不就是让你疲惫的身躯彻底休息了吗

一生中有那么一次

有什么不好呢

既然我们没法平均土地

没法平均房屋

没法平均金钱

没法平均权利

那么，就让我们平均死亡吧

让每个人只死亡一次

让那些衣不蔽体食不果腹的人

想死两次也不能

让那些想长生不老的人

不死都不行

梅尔诗选

梅尔，原名高尚梅，1968年7月10日生于江苏淮安，现居北京，台湾《秋水》诗刊社社长。出版有诗集《海绵的重量》《我与你》《十二背后》等。2012年被评为"最受《现代青年》读者喜欢的十佳青年诗人"；2014年被《诗人文摘》评为"年度十大女诗人"，并被世界艺术文化学院授予文学博士学位；2015年在台湾世界诗人大会上获得诗歌创作奖；2016年获得台湾第五十七届中国文艺奖章。

埃及艳后

亚麻穿在你身上　抵得过

千军万马

一如东方的丝绸

颠覆过多少江山

你浓重的眼影

是大片的疆土

从罗马到埃及

从尼罗河到地中海

你征服一枚金币

和金币上的头像

至于那些伟大的

灵魂

高贵的

宝剑

从凯撒到安东尼

都融化在你双唇的爱意里

并被你蛇一般的舌头　缠绕

英雄的落花

成就你陵墓的辉煌　与从容

爱情　是一个

掺杂着血泪的梦想

越过战争与死亡

在你的微笑里

存活下来

周瑟瑟诗选

周瑟瑟，男，1968年10月生于湖南，当代诗人、小说家、书画家和纪录片导演。中国作家协会会员。现居北京。著有诗集《松树下》《17年：周瑟瑟诗选》《栗山》《暴雨将至》《犀牛》《鱼的身材有多好》《苔藓》《从马尔克斯到聂鲁达》《天外飞仙》等13部，长篇小说《暧昧大街》《苹果》《中关村的乌鸦》等6部，以及三十集电视连续剧《中国兄弟连》（小说创作）等500多万字。作品被译成英、法、西班牙、蒙古、韩等多种文字。曾获得2009年中国最有影响力十大诗人、2014年国际最佳诗人、2015年中国杰出诗人、第五届中国桂冠诗歌奖（2016）、《北京文学》2015—2016年度诗歌奖、2017年度十佳诗集等荣誉称号及奖项。主编《卡丘》诗刊，编选有《新世纪中国诗选》《那些年我们读过的诗》《读首好诗，再和孩子说晚安》《中国诗歌排行榜》等多部诗选，创办栗山诗会、栗山诗歌奖与卡丘·沃伦诗歌奖，中国诗人田野调查小组组长。应邀参加第二十七届哥伦比亚麦德林国际诗歌节、孔子学院拉丁美洲中心"中国作家讲坛"，在聂鲁达基金会、智利圣托马斯大学、哥伦比亚塔德奥大学进行诗歌朗诵与文学讲座。曾提出"诗歌现代性启蒙"、"原诗方言写作"理论。

林中鸟

父亲在山林里沉睡，我摸黑起床

听见林中鸟在鸟巢里细细诉说："天就要亮了，

那个儿子要来找他父亲。"

我踩着落叶，像一个人世的小偷

我躲过伤心的母亲，天正麻麻亮

鸟巢里的父母与孩子挤在一起，它们在开早会

它们讨论的是我与我父亲："那个人没了父亲

谁给他觅食？谁给他翅膀？   "

我听见它们在活动翅膀，晨曦照亮了尖嘴与粉嫩的脚趾

"来了来了，那个人来了——

他的脸上没有泪，但他好像一夜没睡像条可怜的黑狗。"

我继续前行，它们跟踪我，在我头上飞过来飞过去

它们叽叽喳喳议论我——"他跪下了，跪下了，

他脸上一行泪却闪闪发亮……"

死亡的翅膀

风的翅膀是死亡的翅膀

桂花树的翅膀是死亡的翅膀

门前土路的翅膀是死亡的翅膀

池塘的翅膀是死亡的翅膀

田野的翅膀是死亡的翅膀

栗山翠绿的翅膀是死亡的翅膀

它们静静地扇动

在妈妈慈祥的脸上

动物园

天气冷了

不知动物园里的

动物们是否穿好了衣服

我偎依在书房

感觉到寒气

从书页缝隙往外冒

如果一夜白头

那肯定是冻白的

夜里我听见动物们

抱在一起

像人类的孤儿

嗷嗷叫唤

动物们一身的皮毛

足以过冬

但它们为什么恐惧

白天路过动物园

我看见它们在笼中

晒太阳

忧郁的眼神

死死盯着我

好像我是它们中间

昨晚逃跑的那一个

我想养条狗

我想养条狗

但不是现在城市里的狗

我想养条

小时候我养过的狗

它的名字是我三十多岁的

妈妈取的，叫麻烈

它是湘北农家那种土狗

毛发茂密像我的哥哥

四肢奔跑起来像林中响箭

它与我们吃同样的

米饭与红薯

每次我给它盛饭

它都把碗舔得闪闪发亮

在艰难的年代

我们一起拥有

穷人才有的快乐

记得我从异乡归来

老远就看见它

在栗山顶上迎接

强烈的光线

在它修长的面部晃动

麻烈，麻烈……

我爱你

爱你向我猛扑过来

父亲的灵魂

1.

北京飘雪，我突然想起故乡的池塘

在冬日暖阳下发亮，父亲离世后

留下几只鸡鸭在池塘的青石跳板上昏昏欲睡

其中那只鸡冠通红的是可怜的我

2.

飞机还在湖南境内的天空飞行

我孤身一人回北京，机窗外白云的形状

像我的亡父，沉默而轻盈，紧紧跟随我

——那片刻，我成了一个悲欣交集的人

3.

暴雨过后，天空放晴

我们抬着父亲的灵柩

行进在稻田、水塘间

人世清澈，安详如斯

4.

把父亲送上山后，我坐在他的卧室流泪

道士们在池塘边烧他的衣服

我擦干泪，再收拾他的毛笔与墨汁

最后把父亲临终的床也倒立在墙边

5.

昨晚梦里重回故乡学校，我扑进

红砖校舍最北那间，父亲已不在

木床上零乱，桌子上堆满了课本

我哭着翻找父亲留下的任何痕迹

6.

雷鸣送来死去的父亲

他的喉结上下滑动，他饿了

我们一起吃闪电，吃风中煮沸的麻雀

安琪诗选

　　安琪，本名黄江嫔，中国作家协会会员。现居北京。1969年2月生于福建漳州，1988年从漳州师范学院中文系毕业，当过教师、文化馆员、编辑。和黄礼孩一起命名并推动"中间代"诗歌概念。出版有诗集《奔跑的栅栏》《你无法模仿我的生活》《极地之境》《任性》《像杜拉斯一样生活》《个人记忆》《轮回碑》及随笔集《女性主义者笔记》等。合作主编有《第三说》《中间代诗全集》《北漂诗篇》等。曾获柔刚诗歌奖、首届女性诗歌奖、中国桂冠诗歌奖、《北京文学》优秀作品奖等奖项及"新世纪十佳青年女诗人"称号。部分作品被翻译成韩文、英文、西班牙文、蒙古文、哈萨克文、藏文。

明天将出现什么样的词

明天将出现什么样的词

明天将出现什么样的爱人

明天爱人经过的时候，天空

将出现什么样的云彩，和忸怩

明天，那适合的一个词将由我的嘴

说出。明天我说出那个词

明天的爱人将变得阴暗

但这正好是我指望的

明天我把爱人藏在我的阴暗里

不让多余的人看到

明天我的爱人穿上我的身体

我们一起说出。但你听到的

只是你拉长的耳朵

1996年5月18　漳州

父母国

看一个人回故乡，喜气洋洋，他说他的故乡在鲁国
看一个人回故乡，志得意满，他说他的故乡在秦国

看这群人，携带二月京都的春意，奔走在回故乡的路上
他们说他们的故乡在蜀国、魏国和吴国

无限广阔的山河，朝代演变，多少兴亡多少国，你问我
我的国？我说，我的故乡不在春秋也不在大唐，它只有

一个称谓叫父母国。我的父亲当过兵，做过工，也经过商
我的父亲为我写过作文，出过诗集，为我鼓过劲伤过心

他说，你闯吧，父亲我曾经也梦想过闯荡江湖最终却厮守
一地。我的母亲年轻貌美生不逢时，以最优异的成绩遇到

"伟大"的革文化命的年代，不得不匆匆结婚，匆匆
生下我。她说，一生就是这样，无所谓梦想光荣

无所谓欢乐悲喜，现世安稳就是幸福。我的父母
如今在他们的国度里挂念我，像一切战乱中失散的亲人

我朝着南方的方向，一笔一划写下：父母国。

2007年2月16日　北京

极地之境

现在我在故乡已呆一月
朋友们陆续而来
陆续而去。他们安逸
自足，从未有过
我当年的悲哀。那时我年轻
青春激荡，梦想在别处
生活也在别处
现在我还乡，怀揣
人所共知的财富
和辛酸。我对朋友们说
你看你看，一个
出走异乡的人到达过
极地，摸到过太阳也被
它的光芒刺痛

2007年10月18日　厦门

李建春诗选

李建春，诗人，艺术评论家。1970年3月3日生。1992年毕业于武汉大学汉语言文学系。现任教于湖北美术学院。著有诗集《出发遇雨》《等待合金》等。多次策划重要艺术展览。诗歌曾获第三届刘丽安诗歌奖（1997）、首届宇龙诗歌奖（2006）、第六届湖北文学奖、《长江文艺》优秀诗歌奖（2014）等。

白云出岫图

变淡的肉体，在山川中行走
无关的身影，只剩几根线条
近处有巨石，苔点辅助几何
爬到松树上，射击远景的韵味

乱蓬蓬的高士发，爆炸地发声
衣纹之间带钉头，欲动未动
风的表现，在倾斜的竹枝
六月的表现，在荷花与石榴

我只觉得热。热。于是远山沦陷
白云出岫，一时还下不了雨
因为需要留空。那安慰我们的
是乌云，虽然只在画面的一侧
却是石头的意志，石几上
幽暗的茶杯的意志，芭蕉与葡萄
以及飞离湖面的鸟，受惊的

芦苇的意志，湖水的意志

代替我们痛苦的，是整幅画
隐瞒我们观点的，是一根线

你叫，你需要叫

在秋雨中是有一个炸开的

在秋雨中有一种慰藉

湿淋淋、满地的银片，不是

愁，不是

拳头，不是

生活、屋顶不是

万古，或你张开的身体，不是

一个鲜活的瞬间

需要在水墨中发黑光

因此不是

在秋雨中有满地的找不到

在秋雨中有回去，就是回到这里

但此刻不是

明天更不是

梦也不是

水银，非水非银

一种能够站起来的亮

接近于

我是有一个炸开的看不见

我是有一杆秤，或一粒药

我活着，比刀锋更难寻觅

我不是眼前的，或你能想到的

你叫，你需要叫

你叫什么我都说不是

健如风诗选

　　健如风，原名高健，1970年3月6日生于河北吴桥。天津作协会员。著有诗集《独舞》《清澈的秘密》，诗合集《丢失的歌唱》。作品散见于《诗刊》《诗选刊》等。部分诗歌入选《1991以来的中国诗歌》《有意味的形式——中外现代诗歌精选》等选本。

如果你不许我哭泣

我来自于你
可我忘了如何回去

找不着你的星球
你的海
你的天空和大地

如果你不许我哭泣
母亲，万物的神
我会变成绵长的小溪

路云诗选

路云，男，1970年12月出生于湖南岳阳。现居长沙。已出版个人诗集《出发》（2005，贵州人民出版社），《望月湖残篇》（2011，河南文艺出版社），《凉风系》和《光虫》（2016，上海社会科学院出版社）。

十二月初二

白发接近云朵。
一直想飞的双手几乎每日都有
鳞片自动脱落。
但鼻孔是具体的，
空气在这里转过弯后，
渗入每一条缝隙，原路返回。
我意识到其中的变化，
水滴频繁从眼角自动溢出，
某个时刻，某个人，
某个蔚蓝的影子擦亮镜面，
我看着你，与我类似，
嘴唇嗫嚅着，
被一股微小的蒸汽震动。

复述

一团乌云，相当于几百头大象的重量。

听到这句话时，我两眼发黑，

而且出了一身冷汗。来长沙十年，没哪句话

比这个更恐怖，更能让我小心，低下头，

用全部注意力去分辨左脚与右脚

着地的声音，哪一个轻，或者更轻。

在轻与重的交替中，阵雨来临，

它掀开压在我们头顶上的蒸笼盖，转身就走，

没有什么比此刻的饥饿感，更新鲜。

眼球自动滑向右上角，有好几朵白云向我飘来，

亲爱的，我相信你说这句话是出自善意。

黄明祥诗选

　　黄明祥，1973年2月26日生于湖南安化，诗人，艺术评论家，摄影家。2015年诗集《中田村》被诗刊社、鲁迅文学院等在桃花潭国际诗歌艺术节上授予"中国优秀诗集奖"。同年，个人获《青年文学》杂志社"中国第一届青年诗人奖"。2017年被湖南理工学院文学院、《卡丘》杂志授予"2016年度诗人奖"。

途中辗转不为人知

我去西北，先往东9公里

到长沙南站。四面八方的车

旋即而入，又旋即而走

我如同被漩涡吸进去

转眼又如置身电锯溅出的火光

——一根溅出的线

诗由此下笔。语言的工匠

勾勒轨迹，以喻赋形

从事、物到意，以螺旋升起情理

继续往上，造玲珑的塔

我的肉体于上午11点20分出发

我脑海里的列车一路飞驰

穿越自己的隧道，而非在心中

那不是诗。骤然暗了

进入客观的隧道会传来呼的一声

我禁不住去握桌上的红茶纸杯

它里面泛起丝丝波纹，未被刮倒

风并未吹透，没有飞沙走石
我仍然觉得透明的车窗过于单薄
逻辑之外的东西，总令人惊诧
那不是言说。眼中的隧道
是一条深暗的色谱，如同一匹布
在窗外疾行，越往西，越长
仿佛熬过很多夜，当专注于听
声音复制声音，在耳朵的隧道里
我不知不觉睡着了，又醒来
反反复复，一切渐渐毫无关联
途中辗转不为人知。天黑后
前面两对男女用扑克玩出笑声
后排的中年男子正在嚼着一只烤鸡
坐着打盹的人，闭着眼睛
也如同正在盈盈注视

陌生的旅途

一个胖子，身形高大，穿着黑皮夹克

我盯上了他。我警惕他是否真来过

他怀疑我是不是初来乍到

跟着拉客的司机，挤进一辆出租车

塞满剩下的两个空位。往下一沉

像火车开了，人未带走

黑压压一同挤了进来。夜晚有此般辎重

前排的本地人，大声要求，走高速

受不了老路颠簸，浓雾

像监督员，提醒不得超过四十码

高铁转火车，再汽车，依次慢下来

现在，路上只一辆车，一过就空

剩下路自身，独来独往

夜晚老态龙钟，或者本就迟缓

一头白兽在一头黑兽的舌头上攀援

长长的毛发滑过挡风玻璃

又在侧面的窗上拂过

相反，我们将一顿夜宵直接送进胃去

谭克修诗选

谭克修,男,1971年5月13日出生于湖南隆回县古同村,1995年毕业于西安建筑科技大学建筑系。曾获得中国年度诗歌奖(2003)、民间巨匠奖(2005)、十月诗歌奖(2013)、首届昌耀诗歌奖(2016)、中国独立诗歌奖特别大奖(2017)等。2006年出版诗集《三重奏》,2013年开始创作诗集《万国城》。谭克修为中国地方主义诗学的提出者,也是中国"城市诗学"的研究者。现居长沙。

锤子剪刀布

我不敢把楼下的水池叫作池塘

担心水池里几尾安静的红鲤

突然回忆起跳跃动作

跳进危险的水泥地或草地

我丢面包屑的动作也越来越轻柔

它们绅士般地吃完后

就会快速整理好水面的皱褶

以便将插满脚手架的天空

完好地映入水池

水池之外的世界，有三把椅子

准备在下午等来一个老头静坐

老头眯着眼，低垂着脑袋

猜不透是在打盹儿还是回忆

容易陷入回忆的还有两把空椅子

那些干渴的木头，看着天上的云彩

可能会想起一场雨，和山上的日子

一个不需要回忆的小男孩

围着空椅子来回转圈

发现椅子并不是理想的玩伴

嚷着和老头玩锤子剪刀布

老头迷迷糊糊，从松弛的皮肤里

蹦出几粒生僻的隆回方言

手上出的不是锯子，就是斧头

旧货市场

下着细雨的时候别去浏阳河路412号

旧货市场会用一个溃疡的喇叭口

将你粗糙地往里吞

你将倒着滑进一条隧道

从2014年6月5日滑向某个深渊

它用一些旧的电器、桌椅、床柜

招待你,告诉你世界只有一种逻辑:变旧

一阵风经过老式电扇,变成过去的风

使沙发下陷的重量,又叠加在一起

压着你,使你陡然沉重起来

实际上,你的脚步可能在加速

但你不会一直加速

当一个倦怠的中年女店主

领着一堆凌乱而痛苦的旧家具昏昏欲睡

却让一个梳妆台独自醒着

发着赭石色光芒的柚木台面上

梳子和化妆品已经消失

擦得过于明亮的镜子还像是新的
梳妆镜应该是记忆力最好的镜子
它记得一张熟悉的脸
记得熟悉的眼神，泪痕，鱼尾纹
记得从一头黑发后伸出的手
如果你贸然把一张陌生的脸伸过去
镜子会生硬地把你推开

刘畅诗选

刘畅，先锋诗人、画家。1973年3月出生，在南京工作、生活。曾参加诗刊社第二十六届青春诗会，第三、四届青海湖国际诗歌节，2014墨西哥城第三届国际诗歌节暨中国作家论坛，2017歌德学院中德诗人"诗人译诗人"工作坊等国内外诗歌交流研讨活动。著有诗集《T》并获第五届李白诗歌奖优秀奖。部分诗作被译成德、英、西文。

鸟和人

一只鸟在天上飞

地上的人看见

一只鸟在天上飞

鸟看不见自己在天上飞

地上的人指着天上的鸟

想像鸟一样飞

想像鸟一样飞在天空上面

被人看见

秦菲诗选

　　秦菲，国际策展人，诗人，出生于1975年1月，现居上海。作品入选《中国诗歌排行榜》《当代诗经》《新世纪诗典》等。出版诗集一部及诗画影集《马德里千斤重的阳光》。受邀参加第三届墨西哥城国际诗歌节与墨西哥中国作家论坛、首届中国诗歌双年展、长安诗歌节等。诗歌被翻译为德、英、西、日等多国语言并在海外传播。荣获2013年度"十大风云网络诗人"、"2013年度诗人"等称号。

抑郁症女人切芒果

那个抑郁症女人切芒果

她举着一把水果刀

她切芒果

她切到手指

她流血

她不管

她不疼

那个抑郁症女人切芒果

她举着一把水果刀

她切到手指她不疼她继续切芒果

沈浩波诗选

沈浩波，诗人、出版人，现居北京。1976年出生于江苏泰兴，1999年毕业于北京师范大学。2004年，受邀到荷兰与比利时举办专场诗歌朗诵会，2017年受邀参加哥斯达黎加国际诗歌节。出版有诗集《文楼村记事》《蝴蝶》《命令我沉默》。曾获第十一届华语文学传媒大奖、《人民文学》诗歌奖、《十月》诗歌奖、中国首届桂冠诗集奖、首届"新世纪诗典"金诗奖、第三届长安诗歌节·现代诗成就大奖等。

炉灰之城

大风总有一天会刮过来的

刮过城市

刮过灰蒙蒙的广场和街巷

像一条巨大的蹲在人们头顶上的

灰色的狼

伸出它那长满倒刺的舌头

"刷"地一下

就舔去屋顶、塔尖

和人们的头盖骨

在风中哆嗦着赶路的人们

这才发现了异样

他们把手探往脑后

从脑壳中摸出

一把把黑色的炉灰

2002年2月26日

在圣方济各圣堂前

我喜欢那些

小小的教堂

庄重又亲切

澳门路环村的

圣方济各圣堂

细长的木门

将黄色的墙壁

切割成两片

蝴蝶的翅膀

明亮而温暖

引诱我进入

门口的条幅上

有两行大字

是新约里的话

"耶稣说：

我就是道路

真理和生命"

我想了想
在心中默默地
对耶稣说：
"对不起
这句话
我不能同意"

2016年3月15日

我的手机丢了

我的手机丢了

走了这么远的路来看你

但我的手机丢了

我没有你的电话

不知道你住在这座小城的

哪一间房屋

而我的手机丢了

为了来看你

我坐过卡车、火车、飞机、摩托车

终于来到你生活的这座小城

但我的手机丢了

我觉得这座小城就像一堆废墟

因为我的手机丢了

我站在废墟中间高喊你的名字

就喊了一声

废墟上就长出了一间房屋

房屋前就盛开了一丛鲜花

鲜花后面一扇木门旋转

只喊了一声

你就从门中冲出

2015年9月17日

李成恩诗选

李成恩，80后作家、纪录片导演，中国作家协会会员。现居北京。著有诗集《汴河，汴河》《春风中有良知》《池塘》《高楼镇》《狐狸偷意象》《酥油灯》等，随笔集《文明的孩子》《写作是我灵魂的照相馆》等10多部，另有《李成恩文集》（多媒体12卷）出版。曾获宁夏黄河金岸国际诗歌节"后一代"金奖、中国当代诗歌奖、《诗选刊》年度先锋诗歌奖、 海子诗歌奖、屈原诗歌奖、第四届唐蕃古道文学奖等，荣获"2017年当代十佳青年诗人"、第三届"中国当代十大杰出青年诗人"称号。

黑暗点灯

世上有多少黑暗
我就要点多少灯

高原有多少寺院
我就要磕多少头

人呀
总要学会
向高原跪下
总要学会
把油水浸泡过的心
拿出来
点灯

虚无传

我到过虚无的家里
虚无的家呀又大又明亮

绿色植物吐着肥硕的嘴唇
这是早熟的特征，我不便指出
其中暗藏的危险，我到虚无家里
做客，我喝下虚无大妈倒的热茶
我与她聊天，虚无大妈对我心存疑虑
这个年纪的姑娘，与我谈人生尚可
但谈尼采就为时过早了吧

我侧耳倾听
虚无大妈阅读量真大
天文地理
大妈都有涉猎，她体态稳重
不像一个虚无的人
她目光温和，仿佛能看见她的内心

她手指洁净，牙齿光滑

虚无大妈虽然老了，但身上的气息

一点都不显老，甚至有年轻女人

甜甜的，盛在盘子里的水果的气息

这完全是区别于夸夸其谈的气息

她是有教养的虚无大妈

她养育了两个虚无的儿子

她是虚无的好妈妈

她是虚无的统治者

与我谈了一下午

直到他虚无的儿子进门

虚无大妈还握着我的手

就像我的亲妈，她老人家温暖的话语

差点让我热泪盈眶

我试着从虚无大妈手里抽回我的手

我发现我根本不是虚无大妈的对手
她握得太紧了，就像握着天使的手
她舍不得放手啊，虚无大妈
她老人家至少六十好几了，但心地善良
脸上皱纹少之又少，笑起来像一个孩子

我的手开始麻木了，我的脑子也隐隐作痛
但虚无大妈还没有停止的意思，她的嘴还在动
我眼冒金星，慢慢地我出现了幻觉
我要崩溃了，我要呕吐了
我挪动椅子，努力稳住摇晃的身体
虚无大妈家的光线渐渐暗了下来
我看见她两个虚无的儿子在客厅里走来走去
像两个虚无的凶手，突然站到了她的身后
我大叫一声，虚无大妈轰然倒下了

汴河，鱼

汴河，洗尽少年欢乐
所以我清澈见底，在异乡从不带悲伤
随遇而安

汴河，少年捉鱼
全是瘦瘦的小鱼，像古诗词一样柔弱
我只是捉在手里

汴河，你的鱼
太小，又活蹦乱跳，我的少年也是
太小，柔弱无骨

汴河，水流18年来从不改变
我的口音早就改了，自己都不知道
汴河话里的鱼是否还像少年一样活蹦乱跳

汴河，小鱼跃出水面

在15年后的梦里翻滚，都是瘦瘦的游子

所以你们看到的女诗人都是波光闪闪

你怎样获得我的爱

我是新寨村石经城的一块石头

我的肉身上

雕琢了美丽的

嘛呢石经

我是20亿块石头中的一块

我是沉默者中

唱歌的那一块

我是挣脱黑暗发光的那一块

如果你来看我

我会流泪

如果你跪在我面前忏悔

我一样会忏悔

泪流满面的石头是我

压在20亿块石头中

我的肉身

已经不是我一个人的了

你伸手抚摸我时

我会颤栗

你干枯的嘴唇

说出你的痛苦时

我会说出我更多的痛苦

我终会飞翔

你终会从长跪中获得我的爱

雪山星夜

狼趴在雪上，它想念人类

星空在我头上
难道人类的星空
无人目睹？
无人相守它的孤独？

我是人类中的一员
我骑马跑过雪山星空

星空多孤独
雪山多温暖
狼心就有多温暖
它侧卧雪地
它想念人类

狼在我眼里只是孤独的孩子

狼代表整个狼群，而我不代表任何人

因为我们都长大成人
成了另一个人，星光照耀雪山
但星光白白照耀人类，空空荡荡的人类
白茫茫的脸

雪山崩溃是哪一天？
星光崩溃是在今天

我骑马跑过雪山
头顶星光像一个盗取星光的人

李美贞诗选

李美贞，85后诗人、摄影师。曾任新华社编导，现任北京某影视传媒机构艺术总监。"北京读诗会"发起人之一。作品收入《中国诗歌排行榜》《读首好诗》等多种选本，出版有诗集《仓库乐园》。

船上的孩子

我们那儿

有人把孩子拴在船头

孩子们并不痛苦

童年的欢乐

在河水中晃荡

船上的孩子

走上岸后

像鸭子

走路摇摆

与我们不一样

直到有一天

我看到其中一个孩子

纵身跳入河水

推动一条木船

像一个水手

我也踏上了

他的木船

父亲追随而来

我在清晨离家回京
太阳已经出来了
照着地里的庄稼
它们绿色的叶片
像一个人的呼吸

我坐在车上
看到故乡向后退去
突然我看到
父亲骑着自行车
追随我而来

自行车高大
父亲显得有些吃力
他向我挥手
喊我的名字
但我听不清
他说了些什么
太阳晃得我眼睛生疼

也晃动着父亲

向后退去的身影

十年过去了

有一次梦中

父亲骑着自行车

还在向我呼喊

光亮

电线杆移走了

电线也没有了

父亲电话中说

他会去买蜡烛

天就要黑了

我想父亲

正从火柴盒里

掏出一根火柴

"哧啦"一声

火柴划着了

空气里有一股

火柴的火药味

父亲点亮了蜡烛

火苗跳动

父亲坐在屋里

周围的空气

渐渐暖和

父亲独自一人

与蜡烛说话

我想象

我就是黑夜里

他那根蜡烛

他拥有一小圈光亮

四周是更大的黑暗

小舅

好久没有

小舅的消息了

我在小区里散步

听到有人说

小舅小舅

我就想起了他

我看到一个

背着乐器的男人

我就想起了他

小舅

生活在

离我家不远的地方

去年过年

我见到他时

他还像年轻的小舅

那个苍老的

背着乐器的男人

是别人嘴里的

小舅

许立志诗选

许立志，1990年生，广东揭阳人，高中毕业后即开始打工生涯，先后在广州和揭阳打工，2011年2月进入深圳富士康，成为生产线上的普通工人。喜爱文学，尤爱诗歌，少数作品散见于《打工诗人》《打工文学》《特区文学》《深圳特区报》《天津诗人》《新世纪诗典》等刊物，更多见于网络或藏于抽屉。2014年10月1日坠楼身亡。去世后其作品被选编为《新的一天》出版。

我弥留之际

我想再看一眼大海

目睹我半生的泪水有多汪洋

我想再爬一爬高高的山头

试着把丢失的灵魂喊回来

我想在草原上躺着

翻阅妈妈给我的《圣经》

我还想摸一摸天空

碰一碰那抹轻轻的蓝

可是这些我都办不到了

我就要离开这个世界了

所有听说过我的人们啊

不必为我的离开感到惊讶

更不必叹息，或者悲伤

我来时很好，去时，也很好

2014年7月3日

崔馨予诗选

　　崔馨予，2002年7月16日出生，"00后"代表诗人，南京宁海中学学生。诗作刊于《诗歌月刊》新青年栏目、《凤凰读书》、《中文自修》等，《一个南京女孩的美国游学日记》刊于《作家网》，参加2017新诗典中国"00后"诗人展、2017江苏新诗百年江苏青年诗人作品改稿会。部分诗作被译为英、西、韩语。

无题

寂静的田野　热闹的集市

天空　鸟儿不曾打扰

海面　波涛翻滚　卷着沙滩

我曾迷失在树林之中

也许　有一条真正的路

通向真正的我

在雾中

我不用眼睛去寻找

2015年3月20日

写给母亲的歌谣

你坐在沙发上，

笔匆匆地响着，

对着那扇寂静的门。

你坐在窗前，

画板上的墨西哥诗人，

门口的那棵高大的树。

你倚墙而站，

繁忙的手指，翻动着手机屏幕

你笑了，也许是因为某句话，也许是因为某幅画

你出门时，墨镜，大衣，高跟鞋

傲娇地走过街路、走过人群

也许有一天，我会发现，

我们是那么地像

等我，一同与你走过城市，走过川河，直到那个地方……

2015年5月7日

铁头诗选

铁头，2006年1月出生，北京史家小学分校学生。作品连续五年入选百花洲文艺出版社《中国诗歌排行榜》，出版过诗集《柳树是个臭小子》《月亮读书》，诗歌《今天妈妈不在家》入选语文出版社义务教育语文同步阅读教材。

我有经历

大年三十
父亲五点多叫我起床
到天安门看升国旗
困吗
他说
我一点也不困
在西安游学的时候
我和小伙伴打游戏熬夜
一直到凌晨四点
我也算是一个有经历的
男人

2018年2月15日

复活兵马俑

我想让兵马俑复活

目的不是战争

而是希望它们

能捡起游客掉下去的手机

陪我玩儿游戏

如果不会

我可以好心教它

2018年2月8日

女孩与猫

每个男孩都有一个侠客梦

每个女孩都有一个抱猫梦

长大后

男孩的梦想被压在心底

没人知道

女孩的梦想却可以

轻而易举地实现

没想到梦想

是个重女轻男的人

2018年1月29日